講談社文庫

バスクル新宿

講談社

CONTENTS

扉イラスト｜嶽まいこ

目次・扉デザイン｜albireo

1

バスターミナルで
コーヒーを

1

念入りにかけたドライヤーのおかげで、夕飯後に洗った髪の毛はすっかり乾いていた。フード付きのジャケットを羽織り、スマホを充電器から外す。財布やチケットなど、忘れ物がないかを確認する。大丈夫。みんな入っている。

「そろそろ時間だから行くね」

葉月《はづき》が時計を見ながら言うと、ため息をつくような気配だけが返ってきた。気づかぬふりで玄関に向かう。足に馴染んだスニーカーを履き、首元のスカーフのゆるみを直す。鞄はトートバッグを選んだ。細々《こまごま》としたものを入れているうちに重くなったがなんとかなるだろう。

ドアノブをまわしたところで、廊下の奥から「気をつけてね」と声をかけられた。ありがとうと答えて表に出る。四月初旬の山形はまだ寒い。夜中ともなれば手袋がほしいくらい。でも数時間後にはじゃまになるはずだ。

両手をさすりながら、しんと静まりかえった夜道を歩く。高台の家の灯りがちらちら瞬《またた》いていた。暗がりに白く浮かんでいるのは早咲きの桜だろうか。東京のソメイヨシノは散り始めているらしい。

川面《かわも》を埋め尽くす花びらを思い出しながら、葉月は自宅近くにあるバス停まで急いだ。

山形から東京方面に向かう公共交通機関は大きく分けてふたつ、鉄道とバスがある。もっとも速いのはＪＲ新幹線つばさ号で、山形駅と東京駅を二時間四十分で結ぶ。つばさ号は本数が少ないので、在来線で仙台まで出てはやぶさ号を使う人もいるが、乗り換え時間を入れたとしても三時間前後だ。

それに引き替えバスは東北自動車道を走り、順調にいっても六、七時間はかかる。時間だけを見れば鉄道に軍配が上がるものの、運賃はバスの方が断然安い。新幹線利用の三割から六割程度。なので新幹線開通後も利用者が大きく落ちこむことはなく、今も複数のバス会社が競合している。

ルートがほぼ同じため、各社のセールスポイントは料金設定に絞られ、それを左右するのは主に座席の仕様。通路を挟んで左右に二席ずつ、一列四席という観光バスの定番は、座席数も多く安い部類になる。シートの良し悪しや前後の間隔などで値段に差が出る。

　もうひとつが一列三席というスタイル。窓側にそれぞれ一席ずつ、真ん中にもう一席で計三席だ。仕切りカーテンでぐるりと囲めば自分だけの空間が確保できる。同乗者の視線や動きを気にしなくてすむので深夜バスにはうってつけ。座席数が減ってしまうので値段は自ずと高くなる。

　葉月はネットにある画像や謳《うた》い文句を比較し、一列三席タイプを予約した。早期割引を使えば窓側でも新幹線利用の半額ですむ。深夜バスには料金以外にもメリットがある。睡眠時間に移動することで、目的地に早朝到着して一日がフルに使えるのだ。東京での貴重な時間を思い、ゆっくり休める座席にしたかった。

　発車時刻は二十三時三十分。路線バスは本数が少ないので、四十分ほど前に山形駅に着いてしまった。時間まで、駅構内にある待合室で過ごす。エスカレーターで上がっていくと、ビル内のほとんどの店がすでに閉まっていた。山形の夜は駅前でも早い。

　コンコースも閑散としていたが、改札口近くに設けられた待合室に人の姿は多かった。北陸や関西方面など首都圏以外にもバスは出ている。それらの利用客もいるのだろう。年齢層は幅広い。ふたり連れやグループ客もちらほら。ほとんどの人がスマホ片手にくつろいでいた。

空いているベンチを探す前に、葉月は売店裏にあるトイレに向かった。用をすませて手を洗っていると出入り口付近から女性の声がした。

「明日ですか？　なんの用事だかわかりませんが、わたしなら無理ですよ」

電話で誰かとしゃべっているようだ。敬語のニュアンスからして仕事相手だろうか。二十三時近くなのにまだ働いている人がいるらしい。鞄からミニタオルを取り出し、水に濡れた手を拭く。トイレには誰もいなかったので、顔を上げて目の前の鏡を眺《なが》めた。

これから寝ることを考えてほとんどメイクをしていない。そのせいもあるだろうが目元や頬の張りが乏しく、疲れて見える。じっさい疲れる一日ではあった。早番で入って十七時にあがるつもりがずるずる延びて、家にたどり着いたのは十九時を回っていた。大急ぎで夕食をすませ、シャワーを浴びて二十二時過ぎに家を出た。

気力も体力もすり減っているが、全体的なくすみは年のせいもあるだろう。「おばさん」とはまだ言われたくないけれど、三十六歳という年齢を思うと文句は付けづらい。

「すみません。ほんとうに無理なんです。だってわたし、どこにいると思います？　今、函館《はこだて》ですよ」

え？

ふいに聞こえた言葉に、驚いて目を見張る。ここが函館？

「そうです。あれです。お元気ですよ。ご一緒していると、食べ物も空気も美味しくなります。いつものことですね。ありがとうございます」

それきり声がしなくなったので葉月も通路に出た。若い女性がひとり、スマホを手に売店の壁にもたれかかっている。けろりとした顔でまっすぐ前を向いている。

髪型は自然にウェーブしたセミロングで、薄めながらもきちんとメイクをしていた。どことなく都会のＯＬ風に見えるのは、垢抜けた雰囲気のせいだろう。チャコールグレーのパンツスーツにダウンジャケットを羽織り、Ａ４のファイルが入るようなトートバッグを提げている。形からすると葉月のバッグと似たようなものだが、グレーの本体に茶色の持ち手がしゃれている。ブランド品なのかもしれない。中身は多くなさそう。旅行というより仕事の行き帰りに見える。

前を通り過ぎるときに、視線を遮ってしまうので軽く頭を下げた。相手もさりげなく応じてくれる。洗練されているが自分と変わらない年頃だ。少し上かもしれない。

彼女が目を向けているのは壁に貼られた数枚のポスターだ。銀山《ぎんざん》温泉や山寺《やまでら》といった観光地もあれば、地元銘菓の広告、各種シンポジウムの告知なども並んでいる。

どれをとってもここが山形であるとまちがえようもない。なのになぜ、函館と言ったのだろう。

訝《いぶか》しみつつ待合室に戻り、空いている席を見つけて年配の女性のとなりに腰かけた。ほっとしたのもつかの間、年配女性は同行者らしい男性をきつい口調でなじっていた。

「出かけるときにもう一度言ったでしょ。忘れないでって」

「念を押すのが多すぎるんだよ。やれ薬だ、やれ充電器だ、やれ財布だ」

「こっちもいろいろ持ってます。切符もスマホも例の大事なものも、あなたの老眼鏡も」

「眼鏡拭きも入れてくれただろうな」

「そんなのはどうでもいいの。なくたってかまわないし、あとから買えるわ。マスクは今ここで、すぐにいるの」

どうやらマスクを忘れたらしい。

「そのへんに売ってるんじゃないか」

「あなただってここに来るとき見たでしょ。ドラッグストアもコンビニも閉まってたわ！」

それは十分、同情に値する。バスの中は空調が利いているので乾燥しがちだ。起きていればこまめに水分をとり喉を潤すこともできるが、眠りに就くと乾きっぱなしになる。

「私はあなたとちがって喉が弱いの。カラカラに干からびて、明日はきっと声が出ない」

「大げさな」

揶揄《やゆ》するような男性の声に、女性の肩が持ち上がる。さぞかし目も吊り上がっているにちがいない。次の一撃は決定的になりそうで、他人事《ひとごと》ながら宥《なだ》めたい気はするが、あいにくマスクはひとつしか持っていない。自分も喉が丈夫な方ではない。

そのとき、すっと近付く人がいた。顔をあげるとさっきの函館女性だ。

「よろしかったらどうぞ」

白いビニール袋を差し出す。

「さっき知り合いからもらったんです。でもわたし、自分の分は持っていますから。使ってください」

となりの女性は戸惑う。断ろうとしたのかもしれないが、ビニール袋はその手にすとんと収まる。

「恥ずかしいわ。私、大きな声を出していたのね。ご親切にありがとうございます。でも、いただくわけには……」

「せっかくあるんですからぜひ」

函館女性はにこやかに微笑む。さっきまでの近寄りがたい印象が、葉月の中で一変する。案外、気さくな人なのかもしれない。

「譲っていただけたらとても助かるわ。前にも飛行機で喉を痛めてしまったことがあって」

「ああ。飛行機も乾いていますよね」

「またあれかと思ったら乗る前から気が滅入ってしまったの。あらこれ、新品だわ。封も開いてない。よかったら買い取らせてくださいな」

年配女性はビニール袋をのぞきつつ、自分の鞄から財布を出そうとする。函館女性は「いえいえ」と手を横に振った。

「もらいものなのでお気遣《きづか》いなく。お役に立てたらわたしも嬉しいです」

「でも」

「ほら、言うじゃないですか。こういうときの諺《ことわざ》で、袖がどうのこうのって」

それを聞いて葉月は思わず口にした。

「袖振り合うもたしょうの……」

横入りした割には言葉に詰まる。

「縁だよ、縁。袖振り合うも多生の縁。知らない人と道ですれちがうときに袖と袖が触れ合うような、ほんのささやかでも、前世からの深い縁《えにし》があるのかもしれない。だからどんな出会いでも大切にしましょうという仏教的な教えだ。いいね。こういうところでこの言葉を聞くとは。実にいい夜だ」

「あなた、やめてちょうだい。ここは教室ではないし、この方たちは生徒さんじゃないのよ」

「付け加えておくと、『多生の縁』の『多生』は多い少ないではないよ。多く生きるだ。味わい深いねえ」

「あなたっ」

年配女性は男性の口をふさぐような仕草をしたが、葉月も函館女性も笑ってしまった。その場の空気がほどける。

「学校の先生でいらっしゃるんですか」

葉月が尋ねると、年配女性は「うちの人がね」と指を差す。そして自分の膝に置いてあった鞄の中から、布でくるんだ何かを取りだした。小さめのペットボトルくらいの大きさだ。

「あっちでもこっちでもぶつかって、とうとう校長先生にも、副校長先生にもなれずに定年退職したうちの人の、生徒さんに会いに行くところなの」

よけいなことを言うな、話はあったが断っただけだと、男性は身を乗り出して抗議する。女性はすまし顔だ。葉月は布の中身が気になる。函館女性もそうだったらしい。腰を屈《かが》めてのぞき込むので横にずれようとしたが、それを制して近くにあったスツールをたぐり寄せた。腰かけて話の続きを待つ顔になる。

年配の女性はもったいぶることもなく布の結び目をほどいた。現れたのは艶々《つやつや》とした陶製の置物だ。ワンテンポ遅れて招き猫だと気づく。耳や目鼻はたしかに猫で、手は招き寄せる形をしている。でも全体のフォルムやあしらわれている花柄が独特だ。動きがあって愛嬌たっぷり。思わず引き込まれる。

「どうかしら」

「すごくいいです。福を招いてくれるような明るさがあります」

「まあ嬉しいことを。ありがとう。うちの人の友だちがデザインして、それを生徒さんが置物にしてくれたの。持っていくのは別の生徒さんによ。東京で念願のお店を出せるようになってね。何かお祝いをと思ったんだけど、じゃまになってはいけないでしょう？　これなら小さいからいいかと思って」

「素敵です」

心からの声が出た。

「置物もですけれど、そんな理由で上京するなんて」

実感がこもりすぎていたらしく、気遣うような目をされたので葉月は言った。

「私はその反対かもしれません。先生ではないのですが、いろいろ教えてもらった元上司に会いに行こうかと思って」

　女性の顔が優しくゆるむ。それにつられて甘えてしまう。

「伺いますとは伝えてないので、どんな顔をされるかわかりません」

「大丈夫よ。『先生』と聞いて、あなたがその人を思い浮かべたなら、相手もきっと懐かしがってくれるわ。教える側と教えられる側の関係ってね、教えられた方の気持ちがすべてなの。先生が会いたいと思っても、生徒がそう思ってくれないなら、何かしら失敗を犯しているんだわ。逆に、先生が積極的でなくても、生徒が会いたがってくれるなら、印象はどんどん変わっていく。昔のこともこれからについても。ねえ、あなた」

　最後の「あなた」はとなりの旦那さんに向けられたものだが、「はあ」と気のない声しか返ってこない。

「会いたいと思ったり、懐かしくなったりするのがひとつの目安。あなたはお仕事で良《い》い出会いに恵まれたのね」

　今度の「あなた」は葉月に対してだ。

「そうですね。たぶんその、言葉にすると恥ずかしいんですけど尊敬していました。いつかああなりたいと目標にしていたというか」

「東京にいらっしゃるの？」

「はい」

あのまま仕事を続けていたら今頃どうしていただろう。任せられたジャンルで、自分なりの成果をあげていただろうか。できることなら思い切り腕を振るってみたかった。信頼を積み重ね、有能と認められたかった。今となっては虚しい空想だ。東京にいても同じ仕事を続けられていたとは限らない。石にかじりついてもという根性が自分には足りない。

「もしかして久しぶりの上京かしら。だったら私たちと同じね」

年配の女性は言いながら、視線を函館女性に向ける。「あなたは?」と尋ねたかったのだろう。声には出さなかったが、相手は快活に「わたしも」と返す。

「十一時半の新宿行きです。急ぎの用事があって来たんですけど、無事に済んだので戻ります」

誰からともなく時間を気にして壁にかかった時計を見る。二十三時十分。思いのほか会話が弾み時間が過ぎてしまった。元先生は奥さんに荷物を預けてトイレに立つ。その奥さんは招き猫を丁寧に包み直す。函館女性はスツールを片づけ壁際に向かった。スマホをしきりに操作している。

そんな彼女をじっと見つめている人がいた。若い男だ。

パンフレットの詰まったラックの脇に立ち、スポーツバッグを足元に置き、片手をラックに伸ばしながら視線を向けている。ジーンズにスニーカー、黒っぽい上着、ニット帽。学生だろうか。

目に留まったのは気持ちがざわついたからだ。パンフレットに伸ばした手は中途半端な位置で止まり、一度もラックを見ていない。選ぶふりをしているだけだ。ずっと彼女をうかがっている。距離にしてほんの数メートル。スマホをいじっている彼女はおそらく気づいてない。

招き猫をしまった奥さんが立ち上がり、旦那さんは急ぎ足で戻って来た。

「そろそろ行きましょう。もう来ている頃よ」

発車まで十五分。声をかけられ、連れだって待合室をあとにする。函館女性もついてきた。背後に目をやると、ニット帽の男もバッグを摑《つか》んで追いかけてくる。同じバスに乗るのだろうか。

表に出ると気温はさらに下がっていた。寒くて全身に力が入る。幸い目当てのバスは指定の停留所で待機していた。行き先表示板の「バスクル新宿」という文字が燦然《さんぜん》と輝いている。日を追うごとに遠く感じていた場所に、連れて行ってくれる乗り物だ。

これまでも帰りが遅くなったときなど、タクシー待ちの行列に並びながら眺めていた。思い切って飛び乗ればたったの数時間。朝日が昇る頃には東京の空の下を走っている。懐かしい町はすぐそこ。行き先表示板が手招きしているようにも見えるのに、飛び乗る勇気はなかった。

でも今日はちがう。ついにこの夜が来た。ひょっとしたら特別な上京になるのかもしれない。

気持ちが少なからず高揚したが、前を行く函館女性に目が行き、現実に引き戻される。さっきの男は何者なのか。ひとことくらい言っておこうか。バスという狭い空間を思うと、まあいいやで片づけられない。

「あの、すみません」

距離を詰め、小さく声をかける。

「後ろから来ている男の人、知り合いですか？」

葉月の言葉に驚きながらも、女性は歩く速度を落としてくれる。

「黒い上着に白っぽいニット帽をかぶった若い男です。待合室で、あなたのことをずっと見ていました」

「え？　そうなの？」

「急に振り返らず、そっと見てください。そっと」

彼女は言われたとおりに頭を動かす。

「見ました。でも知らない人よ」

　話している間にもバスにたどり着いてしまう。先生夫婦の前の乗客が、荷物の出し入れでもたついている。バスには大型荷物用の収納スペースがあり、運転手とは別の乗務員が対応していた。預けた荷物の中から何か取り出したいらしい。

「山形にはほとんど知り合いがいないし。心当たりもないです」

「東京の人かも」

「ああ。その可能性もありますね。でも東京だとしても特には」

　函館は、と言いたかったがやめておく。電話の会話を持ち出したら、こちらの方が怪しい人に思われそうだ。

「私の思い過ごしかもしれません。お騒がせしてすみません」

「いいえ。教えてくださってありがとうございます。わたし、榎本《えのもと》と言います。バスの中でも気をつけておきますね」

　思いがけず名乗られてしまう。お礼代わりというニュアンスでとてもスマートだ。

「私は北川《きたがわ》と言います。何かあったら声をかけてください」

　つられて如才なく合わせた。自分も都会のＯＬになった気分だ。

　ようやく前に並んでいた先生夫婦がバスに乗り込み、函館女性ならぬ榎本さんがあとに続いた。彼女はスマホの画面を提示する。葉月は紙のチケットを運転手に見せて車内に入った。

三列シートのバスは初めてだった。番号を頼りに自分の席を探す。先生夫婦は進行方向に向かって左の窓側、前から三番目と四番目を予約していた。

「私たちはここだわ。あなた、睡眠用の手荷物は上げちゃだめよ。エア枕をふくらませてね」

奥さんは旦那さんに指示を与えつつ、榎本さんに気づいて白いビニール袋を振ってみせる。ありがとうというポーズもつける。

その榎本さんは右窓側の後ろから二番目だった。葉月は左窓側の中央部分、先生たちの少し後ろ。トートバッグからエア枕やマスクの入ったポーチを取り出し、バッグは足元にしまう。

腰を下ろす前にまわりを見まわすと、さっきのニット帽の男は葉月のほぼ真横、右窓側の中央部分が自分の席らしい。荷棚の上に手荷物を押し込みながら、しきりに後方の座席を気にしている。榎本さんのいるあたりだ。彼女はすでに仕切りカーテンを引いていた。それによってどの席なのかわからなければいいけれど、タイミング次第では見られていたかもしれない。

バスの座席は窓側に関してのみ、ほとんどが埋まっていた。空席はおそらくふたつか三つ。真ん中の座席は空席を挟んで三人だけが座っていた。真ん中には仕切りカーテンがないのでプライバシーの確保は期待できないが、利用者が少ないのでリクライニングシートが倒しやすい。座席の左右が通路になっているので肘掛けに両手がゆったり置ける。大柄の人や寝付きのいい人ならば真ん中も過ごしやすいのかもしれない。じっさい座っているのは男性ばかりだ。

乗客がすべて着席したらしく、ドアが閉まってバスは発車した。このバスの始発は天童《てんどう》温泉で、山形駅を経由した後、新宿に直行する。途中で停まるのは安達太良《あだたら》サービスエリアの一ヵ所だそうだ。トイレ付きのバスなのでトイレ休憩はないに等しい。安達太良サービスエリアに着いても車内アナウンスはないと説明された。静かに停まって静かに出るとのこと。

葉月にしても新宿まで降りないつもりだった。なるべく寝ていたい。後ろの人に断りながら背もたれを倒し、カーテンを引いて粛々と寝る準備に入る。エア枕をふくらませ、温かいお茶の入った水筒をホルダーにセットした。毛布を整えてマスクを装着する。座席は歯医者の椅子に似ていた。フラットにはならず傾斜はあるが、適度な弾力があって背中や腰を包み込む感じ。

発車して十分足らずで、バスはもう町中から離れていた。小さく流れていたBGMと共に車内の照明が消される。窓はカーテンで覆われているのですっかり暗くなった。アイマスクの必要はなさそうだ。目を閉じる前にスマホを取り出して電源を入れた。

他《ほか》の乗客の迷惑にならないようにとアナウンスされていたので、あらかじめ画面の明度は落としてある。見づらいが、新着のメール類がないことは確認できた。突発的な出来事は起きてないらしい。ほっとするような少し物足りないような。今に始まったことではない。メッセージ類は用事のあるときにしか届かない。おやすみなさいと送る相手はなく、送ってくる人もいない。

　頻繁なやりとりを面倒くさがる人はいるし、自分もきっとそうだ。やりとりの多い少ないが人間関係の貧富を表すわけでもない。頭ではよくわかっている。今のままでいい。鬱陶しいのはいやだ。でも何かの拍子にふと考えてしまう。

急に降り出した雨や、きれいな青空に、降ってきたよ、晴れたねと話しかける相手がいたならば、誰かと繋がっている心地よさを味わうことができるのだろうか。気持ちがほぐれたり、潤ったりするのだろうか。かもしれない。

　山形に戻って三年が経つ。馴染んだ職場もあるし仕事仲間もいる。家族もいる。今の暮らしが嫌なわけではない。笑うことも楽しいこともある。でも。

目をつぶり、車の振動に身をゆだねる。派手ないびきこそまだないが、座席のきしみや咳払いは聞こえてくる。すぐそばに人がいる。深夜バスの狭さを伝える相手はいないのに、同じ場所に運ばれる人が複数いる。

　先生夫婦はもう寝ただろうか。榎本さんはどんな仕事をしているのだろう。

考えているうちに眠ってしまったらしい。何かの気配で起こされた。窓のカーテンをそっと持ち上げれば暗い夜空の下に多くのバスが停まっている。サービスエリアに着いたらしい。

降りる人がいるのだろうか。通路側のカーテンを少し開けてみると、向こう側の通路を榎本さんが歩いているのが見えた。意外だ。旅慣れている人はサービスエリアそのものに関心が薄いような気がした。まして深夜。表は寒いだろう。それとも慣れている人はバスの外に出て新鮮な空気を吸うのだろうか。

まわりが気になって、カーテンの隙間を広げる。すると通路を隔てたほぼ真横、右窓側の席で腰を浮かす人がいた。ニット帽を脱いでいるが、あの男だ。スマホや財布のようなものを摑んで、まるで榎本さんのあとを追うようにして出て行った。

大丈夫だろうか。気になるけれど身体が重い。まだ半分眠っている。顔だけ通路に向けて様子をうかがった。何事もなく彼女が戻ってくればいい。そんなに長い時間じゃない。十五分前後と最初の説明にあった。

バスが左右に揺れ、外に出た人がひとりふたりと戻ってくる。しばらくすると例の男も現れた。きょろきょろしながら自分の席に着く。

嫌な予感がした。榎本さんの姿はまだ見ていない。葉月は背もたれから体を起こし、シートに座り直した。身をよじって目を凝らす。後ろから二番目の席。カーテンが開け放たれ、人の気配はない。

それなのに前方からドアが閉じる音がした。運転手がエンジンをかける。

どうしよう。おろおろしていると、真横からこちらに向けられている視線があった。暗がりにいても眼差しの強さはわかる。例の男だ。ひるんでいる間にもバスはウインカーを出して動きだす。

止めたい一心で葉月は狭い通路を急いだ。運転席のそばには乗務員がいたので夢中で言った。

「待ってください。戻ってない人がいます」

運転手にも聞こえたらしく、ブレーキが踏まれる。乗務員は手にしていた紙切れに目をやり、首を横に振った。

「いいえ。皆さん、戻られてます」

「でも」

「数をチェックしていたのでまちがいありません。大丈夫です」

きっぱり言われ自信がなくなる。まるで夢の中にいるような気分だ。変な場所をさまよって、おかしなことを口走る人になったような。

「危ないので席に着いてください」

いたわるように言われ、いっそう頭に血がのぼった。誰かに助太刀してほしい。でも車内は静まりかえっている。

「ほんとうにみんな戻っているんですか」

「はい。ちゃんと人数がそろっています」

乗務員は立ち上がり、促すように手を差し伸べた。葉月が席に着くのを見届けるつもりだ。通路に立たれるとバスが発車できないから。みんなに迷惑をかけているのかもしれない。閉じたカーテン越しに批難を浴びせかけられているようで、胸の動悸が激しくなる。

自分の席に着いてからも、気持ちはなかなか静まらなかった。バスは何事もなかったかのように出発する。サービスエリアをあとにして東北自動車道、上り車線に合流する。

ひょっとして榎本さんは他の席に移ったのか。怪しい男がいるのだ。自衛のためにそうしたのかもしれない。

落ち着こう。自分に言い聞かせる。ここでじたばたしても始まらない。今は身体を休めるときだ。あと数時間で夜は終わる。日が昇り、あたりは明るくなり、その頃バスは都会のビル群の近くを走っている。大学進学と同時に移り住み、数えてみれば十五年、私鉄沿線のごちゃごちゃした町中に暮らしていた。ときわ台、経堂《きょうどう》、池上《いけがみ》。懐かしい顔がいくつも浮かぶ。学生時代のサークル仲間や、就職先でのままならない日々、異動先でできた友だち、付き合った人、別れた人。みんな元気でいるだろうか。

カーテンを閉めてじっとしているうちに少しは眠れたらしい。

気づくと車内にBGMがかかっていた。ところどころに鳥のさえずりが入った爽やかな曲だ。カーテンを持ち上げ窓の外を見ると夜が明けていた。バスは高速道路を走っている。まわりの風景はすでに町中だ。スマホの時計によれば五時半。あと三十分でバスクル新宿に到着する。

葉月はマスクを外して水筒に手を伸ばした。喉を潤し、眠りの余韻に浸りつつ呼吸を整えた。車内もそこかしこで物音がしている。カーテンを開ける音、リクライニングを戻す音、通路を歩く音。トイレを使うのだろう。話し声も少し聞こえた。

五時四十五分にアナウンスが入った。

「皆さま、長時間のご移動、まことにお疲れさまでした。お休みの皆さま、そろそろお目覚めの準備をお願いします。バスは定刻通り、バスクル新宿に向かっております。あと十五分で到着の予定です。お席にお着きになってお待ちくださいませ」

夜中にやりとりした乗務員の声だ。向こうも葉月を覚えているだろう。決まり悪いが仕方ない。榎本さんが乗っていればそれでいい。早く安心したい。

後ろの座席を見てもそれらしい姿はない。例の男のカーテンは閉まったままだ。

やがてバスは高速道路を下りて高いビルの建ち並ぶ都会の真ん中へと分け入る。ときどき信号に引っかかるが早朝なので車は少ない。何車線もある大きな通りをぐいぐい進んでいく。

バスクル新宿は初めてだ。三年前に完成したばかりの新しい施設で、日本各地三十九都府県の三百都市と新宿を結ぶ、国内最大のバスターミナルだそうだ。ピーク時は一日千六百便を超える発着があると聞いた。

車窓からの眺めはめまぐるしく変わり、知らないビルや看板が次々に現れ目を奪われる。たった数年のうちに、ちがう町になってしまったようだ。洗練されたショーウインドウのディスプレイも、ウッドデッキに配置されたテーブルセットも、アルファベットの看板を掲げたカフェらしき店も、田舎者《いなかもの》を寄せ付けないよそよそしさを感じる。

バスは巨大な建物に近付き、その中に吸い込まれた。コンクリートに囲まれた坂道を、曲がりながら上っていく。

まもなく広い駐車場に到着する。開口部の大きな屋内へと進み、歩道が設けられた場所に横付けされた。

エンジンが切られ、ドアが開く。乗客が一斉にざわめいた。上着を羽織る人もいれば、荷棚から鞄を下ろす人もいる。忘れ物がないか身の回りを確認し、それぞれ荷物をまとめる。葉月も背もたれを最初の位置に戻した。

そのときになってやっと目を覚ます人もいた。真ん中の座席にいた大柄の男性客だ。おもむろに伸びをして「あー着いたのか」と、暢気《のんき》なことを言う。他のお客さんたちはくすりと笑いながら次々に通路を歩いて行く。

葉月は水筒やポーチをバッグにしまい、みんなをやり過ごしてから通路に出た。座席のカーテンはほとんど全開になっている。ひとつずつ目を凝らしたがどこも空席で、人の気配はない。唯一カーテンが閉まっているのは例の男の席だった。ようやくそこも開き始めたので、あわてて目をそらして前方のドアに向かった。

乗務員の姿はなかったので、運転手にだけ頭を下げてバスから降りる。早朝のせいなのか空気は冷えていた。薄日が差しているのでこれから暖かくなるだろうか。榎本さんを探したが見あたらず、先生夫婦が預けた荷物を受け取っていた。葉月は目が合ったところで会釈した。

奥さんがやってきて、おはようございますと言葉を交わす。

「バスの中で眠れた?」

「はい。切れ切れになんとか」

「私たちはおかげさまで眠れたみたい」

そんな話をしながら、奥さんはバスのドアから降りてくる人を見ている。真ん中の列の大柄な男性客と、ニット帽をかぶった男が相次いで現れる。大柄な男性が預けた荷物を受け取り、それが最後だったらしい。乗務員がハッチを閉めバスに入って行った。

それきり誰も出て来ない。

奥さんはきょとんとした顔になり、葉月は眉をひそめた。

「マスクをくださった方、いたかしら」

通路を歩く乗務員の姿がバスの中に見える。客席の点検をしているらしい。ぐるっとまわり、何もなかったようで、すんなり運転席横の定位置に着く。開け放たれていたドアが閉まった。エンジンがかかる。

「ねえ、あなた、待合室でご一緒した方がいつ降りたのか、知ってる？」

「いいえ。先生たちは見てませんか」

奥さんも先生も首を横に振る。

「あの方、後ろの方にいたでしょう？　私たちは前だったから、あの方より先に降りたと思うのよ。見逃したのかしら」

「おふたりより先に降りたということはありませんか」

「私たちより？　それはないわ。ここに着いてドアが開いて、最初に降りたのが乗務員さんでしょ。お客さんの最初がけっこう太った男の人。次がサラリーマンっぽいスーツ姿の男の人。そして私たちだもの」

先生たちの後ろ姿は葉月も見ている。そのあと降りていった人の中に、榎本さんの姿はなかったような気がする。

「へんですね。私も見ていないんです」

「あなたの座席は真ん中あたりだったでしょう?」

「はい。きょろきょろしたんですけど、どこにもいませんでした」

バスはウインカーを出し、止める間もなく動き出す。あとに残されたのは葉月と先生夫婦の三人。

「困るわ。どうしてもあの方に会いたいの。マスクのお礼も言いたいし」

「私も気になります。よかったら上で何か飲みませんか。たしか待合室が四階に」

たちまち先生が「お、いいね」と声を上げた。

「行こう行こう。まだ早いんだ。コーヒーあるかな」

率先して歩く先生の後ろを追いかけながら、葉月は北川と名乗った。先生たちも快く応じてくれる。大久保《おおくぼ》康彦《やすひこ》先生と、奥さんの巴《ともえ》さんだそうだ。

2

三階はお客さんを乗せたバスが到着し、下車する場所だ。空っぽになったバスは点検や清掃にまわる。お客さんは思い思いの場所に散っていく。長居する人はなく、ざわめきが起きては引いていくフロアだが、四階は雑然としていた。

三階からエスカレーターで上がってすぐ、コンビニやお土産物《みやげもの》の並んだ売店があり、メインフロアに入ると奥行きのある大きなワンルームになっている。

右側の壁に沿って発券所が延び、手前に自動発券機、その奥にスタッフが対応してくれる発券カウンターがある。フロアの左側には出発ゲートが並び、その間に休憩スペース。ベンチがいくつも設置されている。

天井が高くて広々とした待合室には、早朝にもかかわらず人の姿が多かった。山形駅のように若い人から高齢者まで年齢層は幅広いが、それに加えて外国人も多い。見るからにそれとわかる欧米人だけでなく、アジア圏の人も入れたらかなりの割合になるのだろう。ベンチの背もたれに身体を預けて眠り込んでいる人も多いので、これから出発というより、到着客が休憩しているのかもしれない。

コーヒースタンドを探しながら、葉月は三人で腰を下ろせそうな場所を確保した。先生に荷物番を頼み、巴さんと飲み物を買いに行く。きょろきょろしていると「どうしたの」と声をかけられた。

誰かと思えば小学生くらいの男の子だ。痩せて顔も小さいが、黒目がちの瞳に力があり利発そうに見える。

「何か探してるの?」

「コーヒーを飲みたいと思ったんだけど、売ってるところがみつけられなくて」

「お店?」

「テイクアウトでいいの。紙コップで飲める感じ」

「そういうのはないかもね。自動販売機ならあるよ。あっちとこっち」

パーカーを着込んだ片手で細長いフロアの手前と奥を指差す。

「お店だと下にあるけど八時にならないと開かないんだ」

巴さんが自販機でいいわと言うのでそうすることにした。男の子にお礼を言うと、どこから来たのかと尋ねられた。

「山形よ。さっき着いたところ」

「へえ。東北だね。東北自動車道で来たんだ」

もっと話したそうな顔をしながらも「またね」と笑顔で去って行く。家族旅行の途中だろうか。冠婚葬祭にまつわるお出かけなのかもしれない。

自動販売機で先生には無糖のコーヒー、巴さんと葉月は微糖のコーヒーを選んだ。絶えず人が行き交うざわついた場所だが、壁際のベンチに座れたのでフロアの中では静かな方だ。巴さんを真ん中に、巴さんの右隣に先生、左隣に葉月が座る。缶コーヒーを飲んでいるうちに少しは落ち着いてきた。

先生はベンチの端っこに座っているので右隣に誰もいないが、葉月の左隣には眠り込んでいる男女がいた。髪の色や顔立ちからして海外からの旅行客だろう。足元の荷物には舞妓さんを思わせるマスコットがぶら下がっていた。

「あの方、榎本さんというのね」

いつまでも「マスクの人」では話しづらいので先生夫婦には名前を教えた。

榎本さんと言葉を交わしたのは、バスに乗る直前のことだ。あのあと彼女の姿を見かけたのは一度だけ。先生夫婦は熟睡していたらしく、サービスエリアに停まったことも知らなかったと言う。

「そこで榎本さんを含めた数人が、バスから降りていったのね？」

「そうです。カーテンの隙間からぼんやり見ていました。しばらくしてひとりふたりと戻って来たのですが、榎本さんは現れず。なんだか心配になって後ろの座席に目を凝らすと、カーテンは開いていたんですけど誰もいませんでした」

「その席にまちがいはない？」

遠慮がちに言われ、どんどん聞いてくださいと頼む。

「私の思い違いや勘違いもあると思うので、気になることがあったらなんでも言ってください。榎本さんの席については、発車前に右側の後ろから二番目というのを見ています。まちがってないはずです。ただあのバスは満員でなく、ところどころ空いていたので、席を移ったというのは考えられます」

奥に座った先生はふむふむという雰囲気でうなずく。

「そのときは『榎本さんが戻って来てない』という心配が先に立ち、おろおろしてしまいました。バスはドアを閉め、発車しようとするし」

葉月は意を決し、乗務員のもとまで行った。ひとり戻って来てないと訴えたが、人数はチェックしている、みんなそろっていると言われた。反論の言葉もなくすごすご引き返した。

それを聞いて巴さんは首をひねる。

「ふつうに考えれば北川さんの思い違いや勘違いよね。ごめんなさい。気を悪くしないでね」

「ぜんぜん大丈夫です。続けてください」

「乗務員さんはドアのそばで人の出入りをチェックしていた。北川さんは暗い車内で通路を見ていた。それも中央の座席を挟んで二本ある通路よね。見えづらいしわかりにくい。より正確なのは乗務員さんって気がするわ。でも結果として、安達太良サービスエリアからこっち、榎本さんの姿を私たちは見ていない」

先生が「おいおい」と声を荒らげる。

「乗務員がうっかりしたんじゃないか。小池《こいけ》さんのあれ、やっぱりあるんだよ」

なんの話か尋ねる目をすると、巴さんが教えてくれた。

深夜バスでの上京を聞きつけた近所の人から、さんざん気をつけるよう言われたそうだ。

というのも、その人の知り合いの息子がやはり深夜バスを利用した際、立ち寄ったサービスエリアで置き去りにされたというのだ。知り合いの息子はトイレで用を足し、タバコを一本吸って戻ろうとしたところ、広い駐車場にたくさんのバスが停まっていた。どれなのかわからなくなり、懸命に探すけれどみつからない。時間は刻々と過ぎていく。半《なか》ばパニックになり、近くにいたトラック運転手に窮状を訴えると、バスは高速道路の上り車線を走り、上り専用の駐車場に入ったのに、必死に探していたのは下りの駐車場だった。

そのサービスエリアは上下線の真ん中に建てられ、どちらからも寄れる造りになっていたそうだ。もちろん注意書きの類《たぐい》はあったのだろうが、目に入らなかった。

上りの駐車場に戻ったときには、すでに時間を過ぎ、バスは発車したあとだった。

「真夜中の初めて立ち寄ったサービスエリアよ。お財布とスマホだけで降りてしまった。路線バスもタクシーもない。すごく大変だったみたい」

「こわいですね、それ」

「バスもある程度は待っていたと思うのよ。でもいつまでもは待てない。探しにも行けない」

　ほんとうの見切り発車だ。慣れないサービスエリアでまごついて、ついつい時間オーバーというのはありえない話ではない。駐車場をまちがえなくても、自分の乗っていたバスの色やデザインをどこまで覚えているか。似たような大型バスの中から一台を見つけ出すのはむずかしい。

「置いていかれた人はその後どうなったんですか」

「バス会社に電話したら深夜なのに繋がったんですって。詰めている人がいるのかしらね。行ってしまったバスを戻すことはできないから、そのあとサービスエリアにやってくるバス便を調べてくれたそうよ。他社のバスだけどみつかって、なんとか拾ってもらえたって。上着もなく寒い中、一時間以上も待たされたそうだけど、まだ運が良かったと本人も言ってるらしい。タクシーを使ったらうんと高く付くもの。昼間のバスを待ったりしたら、半日くらいかかるでしょ」

　想像するだけで寒くなる話だ。

「後続のバスに乗っても、自分の荷物は最初のバスの中ですよね」

　葉月のつぶやきに、巴さんの向こうから先生が答える。

「新宿行きのバスに乗っていたのに、拾ってくれたバスは東京駅行き。荷物のために新宿まで行ったそうだ。えらい話だよ」

葉月は肩をすぼめて眉を八の字に寄せた。これが下りのバスだったら、行き先はまちまちだ。東京駅と新宿駅どころの話ではない。

「安達太良サービスエリアで降りた榎本さんは、自分の荷物を持っていたのかしら」

巴さんに聞かれ、葉月は記憶を呼び覚ます。

「向こう側の通路だったのでよく見えなかったんですけど、ジャケットは着ていなかったような。ただ、手に持っていたのかもしれません。外が寒いのはわかっていたでしょうから。荷物はトートバッグひとつでしたよね。さっき乗務員さんが点検している様子からして、忘れ物の類はなかったんじゃないですか」

「ということは痕跡がないのね。人が置き去りにされたという連絡も、おそらくいってないんだわ。乗務員さん、変わったところがなかったもの」

「ですね。私の顔を見ても特別な反応はありませんでした」

「バス会社に連絡するという手段が思いつかないのかもよ。あり得ることでしょ。自力で後続のバスを捕まえられたならいいんだけど。それもできないくらい具合が悪かったりして。心配だわ」

葉月はうなずき、「実は」と口にする。ニット帽の男が脳裏に浮かぶ。

「どうかした？」

不確かなことなのでためらいはあったが、ここまで来たら話すしかない。山形駅の待合室から始まった気がかりを、葉月は先生夫婦に打ち明けた。巴さんは話を聞くなり気味悪そうに腕をさすり、先生もしかめっ面になる。

「つまりサービスエリアでふたりはバスから降りた。男は戻って来たけれど、榎本さんは戻らなかったのね？」

「はい。榎本さんがいないことを、男も気づいていたはずです。後ろの座席は空っぽだったわけですし、私と乗務員さんのやりとりも聞こえていたかと」

「もしかしたらバスに戻らなかった理由を、男は知っているのかも」

「え、そうなんですか」

「サービスエリアで話しかけたとは考えられない？　榎本さんも男が誰なのかわかった。そしてバスに戻りたくなくなった」

シーンが鮮やかに浮かぶ。もしもそうなら榎本さんが気の毒だ。いやな思い、恐《こわ》い思いをしたのではないか。

気の揉《も》める葉月のとなりで、巴さんはまたひらめいたらしい。

「ひょっとしたら男が乗務員さんに、榎本さんは戻りませんと伝えたのかも。本人からの伝言という形で。そうすればチェックリストから外れて、戻らないお客さんがいなくなるでしょ」

なるほどと声が出た。

「あのとき、『皆さん、戻られてます』『人数がそろっています』と言われたんです。榎本さんが戻ってきたと言われたわけじゃない」

「不親切ね。ここで降りた方がいましたと、ひとこと言ってくれればいいのに」

「でもそれ、今考えるとちょっとむずかしいのかも。私は教えてほしかったですけど、誰がどこで乗り降りするのかを個人情報と考えたら、気軽に口にできないですよね」

奥から先生が「ごもっとも」と腕を組む。

「プライバシーだな。昨今はうるさくなっているから、よけいなことは言わないに限る」

巴さんが横から小突く。

「暢気なことを言ってないで、榎本さんがどうしてしまったのか、今どこにいるのか、あなたこそ名探偵みたいにずばり解き明かしてくださいな。なんのために探偵小説を読んできたんですか」

「小説は娯楽のためだろう。本を読んで名推理ができるなら、探偵という職業がいらなくなる」

「屁理屈ばっかり」

「それは君の方だよ。だいたい『かもしれない』ばかりで、君たちの話はあやふやすぎる」

巴さんが言い返そうとしたが、それを制して先生は葉月に話しかける。

「怪しい男とやらがどんな風体だったのか、もう少し詳しく聞かせてくれるかな」

「はい。中肉中背の二十代くらいの男でした。白っぽいニット帽を被《かぶ》って、髪は帽子からはみ出すような長さではありません。顔立ちは十人並みって言うんでしょうか。どこにでもいるような、これといった特徴のない顔です。どちらかと言えばおとなしい感じ。でも山形駅で榎本さんを見ている表情は険しくて、目つきは鋭かったんです」

「ニット帽以外の服装や手荷物は？」

「黒っぽい上着に、ジーンズ、スニーカー。荷物はスポーツバッグひとつだったと思います」

先生は「ほう」と声をあげ、口元をほころばせる。

「わたしはその男を知っているかもしれない」

驚いて目を見張る。巴さんも身体を揺らす。

「おっといけない。わたしも『かもしれない』を付けてしまったね」

「お知り合いなんですか。どこの誰ですか」

「あなた、冗談なら怒るわよ」

「君たち、いいからよく聞きなさい。これから何を言われても騒いではいけないよ。立ち上がってもいけない。おとなしく座っていること。約束できるかな」

教え子を諭すような口調に少なからず抵抗を覚えたが好奇心には勝てない。葉月は前のめりでうなずいた。巴さんもしぶしぶ「はい」と言う。

「くれぐれも約束を守るようにね。今話に出た、ニット帽の怪しい男だが、北川さん、あなたの斜め後ろに立っているよ」

真っ白になった頭を動かして振り向く。

葉月のとなりには外国人旅行客の男女がいる。熟睡している姿はなんら変わりない。それですっかり油断していた。寝ているふたりの向こう、ベンチの途切れた先には、壁に沿ってバス乗り場への自動扉が並んでいる。その、ベンチと扉のわずかなスペースに誰か立っている。ニット帽を被り、黒っぽい上着を羽織った若い男。

悲鳴を上げるかわりに巴さんにしがみついた。男はスマホを見ていたが、こちらの気配が伝わったらしい。目を向けて驚く。そして足元にあった鞄の持ち手を摑んだ。逃げ出そうとしたのだろう。その前になんと、先生が立ちはだかった。

いつの間に移動したのか。素早い動きだった。手のひらを胸の高さで開いて、「まあまあ」と宥めるような仕草をする。巴さんの身体が震える。先生が突き飛ばされると思ったのだろう。葉月も同じことを考えた。

男は後ずさって首を横に振る。背後は壁なので追い詰められた形だ。そこから無理やり先生の横をすり抜けようとして腕を摑まれた。振りほどこうとするが弱々しい動きだ。そのままずるずると引きずられるようにしてやってくる。

葉月と巴さんは逃げたくて腰を浮かした。

「そんなに恐がらなくてもいい。この彼もまた、いなくなった榎本さんのことが気になっているんだろう。なあ」

男は無言で目をそらす。

「わたしは元教師でね、大久保という。君みたいな若いのの相手をずっとしてきた。だから君が我々を気にしながらも、どうしていいかわからずもたもたしてるように見えたんだ。男子生徒の大概が、用事があっても自分からは話しかけてこないからね。そのうちぷいっとどこかに行ってしまうんだ」

「先生、いつから気づいていたんですか。もっと早くに言ってくださいよ」

葉月の抗議も「まあまあ」といなされる。

「物事にはタイミングってものがある。どれ、立ち話もなんだ。詰めればもうひとりくらい座れるだろう。君、いいから腰を下ろしなさい」

押し切られる形で、男は先生と巴さんの間に座った。薄気味悪いとしか思わなかった相手と、こんな近くで接することになるとは。警戒心はほどけないが、どうやら相手も緊張しているらしい。鞄を下に置かず胸に抱《かか》え、居心地悪そうにしている。

「まず名前を教えてもらおうか。わたしは大久保康彦。元社会科の教師だ。君のとなりが妻の巴。そのとなりが……」

名前を伝えていいものかどうか、目で尋ねられ、葉月はうなずいた。

「巴のとなりが北川さん。山形駅のバスターミナルで一緒になった人で、我々とは初対面だ。君は？」

「菊地《きくち》です」

「ほう。では菊地くんと呼んでもいいかな」

首が縦に振られる。

「去年まで山形市内にある大学に通っていました。今はバイトをしながら東京で暮らしています」

「君は山形駅の待合室で、やけにじっとひとりの女性を見ていたそうだが、心当たりはあるかい？」

怪しい男あらため菊地くんは唇を嚙《か》み、伏し目がちにうなずく。

「知っている人に似て見えたので」

「差し支えなければ答えてもらえないか。どこの、どういう女性だい？」

まるで答え合わせのような先生の口ぶりだが、女性に関する情報はこちらにほとんどない。名前すら本名かどうかもわからないのだ。

「去年、いえ、一昨年になるのかな。就活中に出会った人です」

「就活？」

「ぼくが会ったときには、永和《えいわ》出版の企画編集者でした」

聞き覚えのある出版社名だ。書店に並ぶ本が脳裏によぎる。あの人は編集者だったのか。

先生が「榎本さん？」と彼に尋ね、「そうです」と返ってくる。これはほんとうの答え合わせだ。女性は本名を名乗ってくれたらしい。

「大学時代に、永和出版が企画した学生向けのイベントに参加しました。そのあと就活中に社員を募集してると知り履歴書を送ったんです。面接まで漕ぎ着けたけど、採用にはなりませんでした」

話している横顔の頬のあたりが動く。苦笑いを浮かべたようだ。

「そのときの面接官が榎本さんだったんです」

巴さんが眉をひそめて言う。

「もしかして、自分を落とした人だと思ったわけ？」

「いや、別に。待合室で見かけて驚いただけで」

「でも睨《にら》むような目で見てたって……」

誰がそう言っていたのかは伏せてくれる。

「そんな目になってましたか。自分じゃ気づかなかったけど。それはたぶん、就活時代を思い出したからです。安く行ける深夜バスを使い、何度も山形と東京を往復しました。でも結局は全滅で。今もバイトしながら正社員の口を探しています」

今回の帰省は入院した祖父の見舞いのためだそうだ。少しはいいバスに乗るようにと家族から運賃を渡され、帰りだけグレードアップしたと言う。そのバスを待っている間に、かつての面接官を見つけた。

「榎本さんだと気づいて、声をかけようとは思わなかったの？」

「向こうは覚えていないかも。今日はこんなかっこうだし」

黒っぽい上着、ジーンズ、スニーカーと、改めて見るまでもなくくたびれている。顔色も良くない。

葉月たちが今いるフロアは国籍も年齢もさまざまな人が行き交っている。若者のほとんどがラフな服装だ。中には菊地くんよりもチープなかっこうの人もいる。いかにもだるそうに、生あくびを嚙み殺している人もいる。けれどひとりひとりが次の目的地へと、視線を前に向けているように見える。遠方に出かける人も、遠方から到着した人も、ここから西へ東へ。南へ北へ。バスターミナルは移動する人たちの中継点だ。

彼のような生活疲れはあまり感じられない。そういう人が乗客にいたとしても、休憩スペースには来ないのだろうか。

「でもほんとうはちょっとだけ、挨拶くらいしたいなと思いました。バスに乗ってからそんな気持ちになったんです。こんな偶然めったにないだろうから。どんなふうに話しかけようかと考えてるうちに寝てしまい、気づいたらサービスエリアにバスが停まったとこでした。通路側のカーテンを少し開けたら歩いている人がいて、その中に榎本さんがいたんです」

彼はそれを見て、追いかけるように降りたと言う。葉月の感じた不自然さ、わざとらしさは気のせいではなかったようだ。

表に出るととにかく寒くてサービスエリアの建物に向かった。中に入ると照明がついていて売店は二十四時間営業らしい。広くはないがフードコートのような、椅子やテーブルの置かれた場所もあった。

しばらくうろうろしたが榎本さんの姿はなく、トイレに寄って再び建物内を歩いているとと彼女がいた。フードコートの片隅《かたすみ》で、壁に貼られたポスターを眺めていたという。

いざとなると声をかける勇気がなく、逡巡している間にも言われた発車時刻が迫ってくる。まだ新宿がある。そんな思いで彼はバスに戻った。席に着いて窓から外を見ていると、引き揚げてくる人の中に榎本さんの姿はない。彼女が戻らないままバスのドアが閉まった。とまどっていると乗客のひとりが立ち上がり、乗務員と話しているようだがよく聞こえない。その人が自分の席に着いたところでバスは発車した。夜空の下で煌々《こうこう》と明かりを点《とも》す建物や、ずらりと並んだ自動販売機がたちまち遠ざかる。

榎本さんはどうしたのだろう。考えているうちに寝てしまい、気がつくと夜はすっかり明けていた。あわてて身体を起こし、通路のカーテンを開けると、バスはターミナルに到着していた。乗客が降り始めている。大急ぎで身支度を調え立ち上がった。

席を立って通路に出ると、残っているのはほんのひとりかふたり。思い切って後ろに向かって歩いた。座席はすべてからっぽ。榎本さんが座っていた席もがらんとしている。車内トイレも使用中の灯りがついていない。

最後の乗客として降りると、山形駅で榎本さんと話していた人たちがいた。何か知っているだろうか。聞いてみたくて四階まで上がった。けれど声をかけることはできなかった。

「今の菊地くんの話で、ふたつのことがわかったね」

先生が指揮棒を振る指揮者のように言った。

「榎本さんの身に、バスに戻れないような突発的な異変が起きたわけではなさそうだ。菊地くんが引き揚げるときまでふつうに立っていたんだろう?」

「そうですね。少なくとも体調が悪そうではなかったです」

「もうひとつ。ターミナルでバスの中に残っている人はいなかった」

菊地くんは「はい」とうなずいた。

「すると、答えは出たようなものだね。榎本さんは新宿ではなく、安達太良サービスエリアでバスから降りた。それは本人の意思によるものらしい」

乗務員が「そろっている」と言ったのも、榎本さん本人に戻らないと言われ、カウントから外したと考えれば無理がない。

「もしもそうだとしたら、榎本さん、なんで急に降りちゃったのかしら。新宿まで行くつもりだったのよね。バスに乗ってほんの数時間で気が変わったということ? 途中下車と言っても真夜中のサービスエリアよ。そこからどこに行くの」

巴さんは不満顔で言うが、先生の返事は察しがついた。

「いくらでも理由や事情があるだろ。高速道路上なんだから、誰かが車を走らせてくればあっという間だ。山形には急ぎの用事で来たと言ってたな。だとしたらその予定が変わったのか、新たな急用が入ったのか、そんなのだろう」

函館。葉月は最初の疑問を思い出した。山形にいるのに、函館にいると電話口で言っていた。そして新宿行きのバスに乗り、途中で降りてどこに行ったのか。

「あなたはそうやって簡単に片づけようとするけど、私はそれじゃ困るの。どうしてもあの方にもう一度会いたい」

巴さんは鞄の中から白いビニール袋を取り出し、そこからさらに薄い箱を引き抜いた。市販されている濡れマスクの箱だ。すでに開封されている。榎本さんからもらったものを使ったのだろう。お礼を言いたい気持ちはわかるがと葉月は思ったが、巴さんの細い指は箱の中央部分を指し示す。

「昨夜は暗かったから気がつかなかった。でも今朝見たら小さなメモ用紙が貼ってあったの」

葉月はのぞき込み、読ませてもらった。

『今日はありがとう。ケンタがぶあいそうでごめんなさい。ほんとうは貴女《あなた》のことが好きなのよ。代弁しておきます。また来てね。マリ』

きれいな手書きの文字だった。

「このメモは榎本さん宛よね。袋ごと私に渡したから、きっと気づいてないのよ。だからどうしてもこのメモのことを伝えたいの」

裏に糊《のり》のついた付箋《ふせん》を使っているが、剥がれやすいと思ったのか、上の部分を透明なセロハンテープでも留めている。ちょっとした走り書きではなく、目に触れることを望んでいる。

「メモの内容からしても、見ないまま、知らないままというのはよくないと思うのよ。だって、ぶあいそうな態度を取ってしまったケンタくんは、ほんとうは榎本さんのことを好きなのよ。重要な情報でしょう？」

「たしかに。『また来てね』というマリさんの気遣いも知ってほしいですね」

「でしょう」

とても力を込めて巴さんはうなずく。

「だったら、送ってやればいい。勤め先と苗字がわかっているんだ。届くだろう。永和出版の榎本さんか」

合理的な解決方法を先生から示される。たしかにそうだと葉月も思ったが、気になることを菊地くんに尋ねる。

「さっきの話で、榎本さんはフードコートの壁に貼られたポスターを見ていたと言ってたでしょ。山形駅でもそうだった。安達太良ではどんなポスターを見ていたの？」

「どんなって、観光地の写真とか、セミナーか何かの告知ポスターみたいなの」

「セミナー。そうか、永和出版は雑誌や書籍も出しているけれど、セミナーや講演会、ワークショップの開催に力を入れている会社よね」

「そうです。榎本さんは企画部のエースと言われていました。ぼくが初めて山形で参加したのも、榎本さんが責任者になっている若い学生向けの物づくり教室でした。バンリ先生も来てくれてすごく盛り上がったんですよ」

バンリ先生こと、バンリセイジロー。山形出身の現代美術家だ。墨絵から彫刻、絵画、立体造形と活動の幅は広く、国際的な評価も高い。著名な美術賞に何度も輝いている。年齢からして大家にふさわしい実績を備えているけれど、権威や肩書きを嫌い、地元山形のアトリエで今なお新作に取り組んでいる。天衣無縫の作風と飾らない人柄は多くの人に愛されている。

「バンリはね、わたしの同級生なんだよ」

ふいに先生が言い出し、葉月も菊地くんもぎょっとした。年齢からするとありえない話ではないだろう。

不思議な縁に導かれるように、葉月は思いつく。函館で今、バンリセイジローにまつわるイベントが開かれているのではないか。検索するとたちまちヒットした。日付からすると昨日、今日、明日の三日間、函館市内にある学校が体験型美術教室を開催している。目玉はバンリセイジローとのオブジェ造りだ。

榎本さんはこのイベントを仕切っている側の人間ではないか。世話役としておそらく三日間、函館にいるべき人。けれど何かしら用事ができて山形にやってきた。その用事がすんだので深夜バスに乗って東京に向かう。羽田から飛行機に乗れば函館までひとっ飛びだ。

電話口で函館にいると言ったのも、本来、そこにいるべき立場だから？

「あれの本名はバンリじゃないんだよ。漢字で万里の長城の『万里』と書くんだが、読み方は『まり』なんだ。まりせいじろう。子どもの頃、まりちゃんまりちゃんと呼んでたらえらく怒ってバンリにしろと。それを号にして大成したんだから、あいつも根性あるよな」

先生の話に菊地くんは目を輝かせて聞き入る。葉月にとっても興味深いエピソードだが、ハッとして巴さんの腕を摑んだ。

「さっきのメモ用紙、見せてください」

どうぞと箱ごと差し出される。

「メモを書いた人の名前、『マリ』とありますよね。これはバンリ先生の本名と同じってことですか」

「言われてみればたしかに。でもふつうに女の人の名前に思えたけど。文章が柔らかいからだわ」

「榎本さんは永和出版の人で、永和出版はバンリ先生のイベントを手がけています。その担当である榎本さんが急な用事で山形に来た。帰りがけにもらったマスクに、付いていたメモですよ。書いたのはバンリ先生の本名と同じ人なのでは」

先生がのぞきこんで、これはあいつの字じゃないと否定する。巴さんがそれにかぶせて言う。

「奥さんかしら。バンリさんの奥さんで万里寿子《まりひさこ》さん。このメモを書いたのは寿子さん？」

どうやら知り合いらしい。

しばらく呆然とした顔になってから、「聞いてみるのが一番」と自分のスマホを取り出した。

「おい、こんな朝早くにかけて大丈夫か」

「七時でしょ。もう起きてるわ。私たちの年齢はみんな朝が早いのよ」

電話番号を見つけ、ほんとうにかけてしまう。固唾《かたず》をのんで見守っていると、数コール目で繋がった。ごめんなさいね、こんなに朝早くと、巴さんは開口一番に詫《わ》びる。そのあと、なんとか出版の榎本さんという女性を知っているかと問いかける。知っているらしい。向こうも驚いているようで、なんとなくの気配が伝わる。続いて、昨日お宅に来たのかと尋ねる。相手の返事を聞いているうちに、巴さんの顔がパッと明るくなった。片手の指を使いＯＫの丸を作る。

「それで、どうすればいい？」と巴さん。

「榎本さんと直《じか》に話したいですね。巴さんの電話番号を伝えてもらっては」

葉月が提案した。マスクについていたメモ用紙の件は省かせてもらう。今は何より榎本さんの居場所が知りたい。

「私の名前でわかるかしら」

「待合室で一緒になった招き猫の人、です。そう言えばわかります」

バンリ先生の奥さんは「今度ちゃんと話してよ」と釘を刺しつつ、快諾してくれたそうだ。

3

女性ふたりと男性ふたり、順番に立ち上がってトイレや新しい飲み物の調達にとベンチから離れた。歩きながらあたりを見まわすと、最初のコーヒーを買うときに話しかけてくれた男の子の姿があった。

出発ゲートの脇に立ち、窓ガラスに張り付いている。バスを見ているらしい。同行者が近くにいなかったけれど、まさかひとりで来ているのではないだろう。じっと見つめているのは、表示板からすると松本行きのバスだ。それに乗るような気配はない。

葉月はコーヒーではなく水を買ってベンチに戻った。榎本さんに連絡がついたとして、こちらにいつかけてくれるかはわからない。時間を決めて待とうかと四人で話し合う。菊地くんは午後からのバイトに入るので、一旦アパートに帰るらしい。バイト先は毎日安売りでにぎわうスーパーだそうだ。今の担当は青果部門。最近の野菜は種類がいろいろあって、産地や調理法など聞かれることも多いだろう。葉月が言うと、たちまち白い歯をのぞかせる。野菜はひと通り覚え、今はミカンに詳しいそうだ。

先生たちはどこかで朝食をとったのち、午前中は知り合いのギャラリーに寄ったり、神保町《じんぼうちょう》の古書店街をのぞいたりして、午後に目的の店に行くと言う。先生のかつての教え子は、谷中《やなか》にある古い家を改装しておにぎり屋を開いた。具に工夫があってとても美味しそうなのと、巴さんは楽しげに語る。招き猫はぴったりだろう。

葉月はかつて住んだ町に足を延ばし、よく通ったベーカリーでお気に入りのパンを食べるつもりだった。頃合いを見計らい元上司の店を訪ねる。こちらは閉店の決まった書店だ。開店祝いに行く人の前で閉店の話はできず、本屋さんとだけ言った。

ふだん使いのスーパーにおにぎり屋さんに本屋さん。この先、ちがう街角を歩いていてもふと思い出すような気がする。そんなことを言いながら微笑む巴さんのスマホに、着信の振動があった。

すっかりくつろいでいたせいか、巴さんはうまく話せないと葉月にスマホを押しつける。

急遽《きゅうきょ》電話口に出て、自分は先生夫婦のとなりに座っていた北川だと説明する。榎本さんは覚えてくれていた。声の雰囲気が明るかったので、少しほっとして電話をくれたことへの礼を言う。そのあと、榎本さんを見ていた昨夜の男性が、榎本さんの会社の就職試験を受けた元就活生であることを手短に話す。面接官が榎本さんだったと言うと、電話口からは「へえ」と面白がる声が返ってきた。

そして、終着点である新宿に着いた自分たちは、榎本さんがいないことに気づき、元就活生の菊地くんも交えて、バスターミナルの待合室で推理を繰り広げた。やがてバンリ先生の名前が出て、それが重要な手がかりになった。

話を聞いた榎本さんは、意外なことに慌てても騒ぎもしなかった。なぜかと問うと、含み笑いと共に答える。

「先生ご夫婦の持ってらした招き猫、あれはバンリ先生のデザインですよね」

それかと葉月は膝を叩く。先生と巴さんは相次いでうなずく。袖振り合うも多生の縁。ほんとうに不思議な繋がりを持っていた。

榎本さんも山形に来た理由を話してくれる。バンリ先生の飼い猫が腎臓病を患い、先生はとても心配しているそうだ。函館入りしてから容体悪化の知らせがあって、いてもたってもいられない。せめて猫の大好きな、自分の今着ている上着をそばに置いてやりたいと言う。そこで先生に代わって、榎本さんが届ける役目をかって出たそうだ。

幸い、先生の匂いに包まれて安心したのか、猫の症状は落ちついているらしい。

「それで榎本さん、今どこにいるんですか」

「仙台よ。それもこれもJR駅の待合室で、北川さんが上司の話をするから」

なんのことだろう。話が見えない。

「その前にかかってきた上司からの電話に、わたし、いい加減な受け答えをしてしまったの。北川さんの話を聞いてちょっと反省して、電話の用件がなんだったのかをあらためて聞いてみたわけ」

するとと、仙台に住んでいるかつての仕事仲間が、これまでの活動に区切りをつけ、仙台空港から今日の便で帰国することを教えられた。

「バスの中で目をつぶっていたら、その人にもう一度会いたくなってね」

「安達太良サービスエリアで降りて、どうやって仙台に?」

「本宮《もとみや》駅まで二キロくらいの距離なのよ。歩いて三十分。そこから朝イチのJRに乗ったた」

真夜中だ。おそらく電車の時間を調べ、営業しているフードコートの片隅で少しは身体を休めただろうが、夜の明ける前にそこを出る。駅に向かって、人通りはおろか、ほとんど車も通ってないであろう道を黙々と歩く。冷えただろうし、女性ひとりは心細くもあっただろう。疲れも重くのしかかってくる。三十分では着かなかったはずだ。

どうかしている。そうまでして会いたかったのか。

「相手の人に連絡はつきましたか?」

「まだしてない」

「まだ? どうして」

「今さらどうかなと思って。向こうは別に会いたくないかもしれないでしょ」

鏡を見ているような気がする。

「私も同じことを考えてます。今さらどうかなって。向こうは会いたくないかもしれない。会ってもどうしようもない。向こうの負担になるだけかもしれない。このままにした方がお互いのためかもしれない」

山形の自宅で、今ごろ母はまたため息をついているだろう。どうせ行くならゆっくりしてらっしゃい。バスで行ってバスで帰るなんて気ぜわしい。お母さん、あなたがまた東京行ってもぜんぜん大丈夫なのよ。

そうなのだろうか。三年前は入退院を繰り返していたがだいぶ良くなった。離れて暮らしてもなんとかなるのだろうか。いやちがう。そうとは限らない。三年前の決心を今さら変えるのも潔くない。迷ってはいけない。

「北川さんも似たような状況なのね。お互いに、せっかくだけどここでやめとこうか」

スマホから聞こえてきた言葉に言い返す。

「榎本さんは会った方がいいですよ。安達太良から仙台まで歩いたんじゃないですか」

「歩いたのは本宮駅までよ」

そうか。思わず笑ってしまう。

「北川さん、もしよかったらこうしない？　あなたが元上司に会うのなら、わたしも仙台の人に会う」

会いたいのだ。なんのかんの言いつつも結局は顔が見たい。言葉を交わしたい。その一心で榎本さんはバスを降り、自分はバスに乗った。

悩みもするし迷いもするけれど、顔を上げて大きなガラス窓に目をやれば、東京の空が朝日を浴びて輝いている。夜をくぐり抜け、あと少しという場所まで来たのだ。

「わかりました。頑張ります」

巴さんの腕が背中にまわり、ぎゅっと抱きよせられた。

「そうよ、頑張りなさい。聞こえましたからね、榎本さんもね」

互いに背中を押し合って、通話を切ろうとして、すんでのところで葉月は思い出した。スマホに向かって言う。

「バンリ先生のお宅に、ケンタさんって方、いらっしゃいます？」

「ケンタ？　いるけど、無愛想なワンちゃんよ」

これには先生も菊地くんも吹きだした。巴さんは泣きながら笑う。

騒いでしまったなら申し訳ないが、眠り続けていたとなりのカップルがもぞもぞ動いた。体を起こして首を左右に振る。大きく伸びをしてこちらを向く。

「オハヨウゴザイマス」

みんなも声をそろえる。

「おはようございます」

今ならどこにでも行けそうだ。腹ごしらえしたら、早めに約束を果たしに行こう。

エスカレーターで上がってくる一群がいる。遠方からのバスが到着したのだろう。フロアには出発するバスのアナウンスが流れる。行き交う人がずいぶん増えている。

葉月たちはざわめきに目を細めたあと、ベンチから立ち上がった。

2

チケットの
向こうに

細長い長方形をした待合室に、荷物を手にした利用客が行き交っている。バスクル新宿の出発フロア。入ってすぐの両側にコンビニと土産物ショップがあり、さらに進むと右側の壁に沿って発券機が設置されている。その先には対面で券の買えるカウンターがまっすぐ延びている。

待合室を挟んで左側には、屋外に通じるガラスドアが並んでいた。ドアの向こうにあるのはバスロータリーだ。目を凝らすと大型バスの姿がちらほら見える。

「益子《ましこ》」

呼びかけられて、哲人《てつと》は顔を向けた。同じサークルの同級生、磯村恭一《いそむらきょういち》がいかにも面倒くさそうに突っ立っている。

「バスの待合室って言うからもっと小さいのを想像してたよ。広いじゃないか。人も大勢いる。ほんとうに探せるのかよ。っていうか、来るかどうかもわからないんだろ」

時間の無駄だと言わんばかりの磯村を曖昧にかわし、哲人はフロアをゆっくり進んだ。観葉植物をところどころに配置しつつ、待合室にはベンチコーナーが設けられている。座っているのは学生風の若者から年配者までまちまちだ。乳幼児や子どもの姿はなく、足元のおぼつかないような高齢者もいない。長時間のバス移動に耐えられる者しかここにはいないのだろう。

「バスクル新宿って、できたばかりだろ。もうおまえは使ってるの？」

「一回だけね。受験のときはまだ完成してなかったし。大学に入ってからは新幹線も使うし」

「岡山だったよな」

正しくは倉敷《くらしき》だが、岡山県内であることにまちがいはないのでうなずいた。磯村は得意げな顔になる。この春で丸二年の付き合いになるのだから、出身地を覚えているのは当たり前という気もするが、サークルのメンバーに限らず大学では互いのことに無頓着だ。「地方出身者」というカテゴリーがあれば放り込まれるし、なければないで済まされる。

「生駒《いこま》が行くとしたら……どこだっけ」

「丸亀《まるがめ》だよ。四国の」

「へえ。まるがめ。どこかで聞いたことあるな」

うどんのチェーン店だろう。察しはついたが何も言わず、哲人は長いカウンターの上に設置されている電光掲示板に目を向けた。こんなに大きかったかと内心、困惑する。前回来たときには利用するバスが決まっていた。チケットも入手済みだったので、新しいバスターミナルに足を踏み入れ若干まごついたものの、出発ゲートの確認さえできれば問題なかった。

けれど今回は人探しが目的だ。どの便を使うかもわからない。とりあえず四国方面のバスを調べようと思うが、ひと目ではとても見切れないほどの便名が並んでいる。

「丸亀行きのバスっていうのもあるの？」

「あると思う。たぶん」

「頼りないな。今のところここにはまだいないよな。しばらく待つとしたら、まさか立ったままじゃないだろ。座るとしたらどこ？　入り口付近？」

磯村に言われ、哲人はもう一度フロア全体を見渡した。奥まったところにエレベーターの標識がある。自分たちが入ってきたのがメインの出入り口になるのだろうが、奥のエレベーターにも気をつけなくてはならないらしい。

両方が見えやすい場所を探しきょろきょろしていると、長い通路に面したベンチから立ち上がるふたり連れがいた。ぽっかり空いたそこに、哲人と磯村は素早く腰を下ろす。幸い、電光掲示板もよく見える。

「とりあえずここで待ってみるよ。そっちはそっちで探すんだろ。おれはひとりで大丈夫だから。磯村、もう行っていいよ」

「そりゃ探すけど。でもおまえひとりにさせるのも……」

「大丈夫だって。子どもじゃないんだから」

疑わしいものでも見るような視線を向けられ、哲人はわかりやすくむくれてみせた。残念ながらの童顔で、未だにしょっちゅう高校生にまちがえられる。下手すれば中学生だ。二十歳と言ってもなかなか信じてもらえない。けれど今から居酒屋に入るわけではない。

「夜行バスってことは、今から真夜中まで張り込むんだろ」

「そうでもない。遠方に向かうバスは東京を出る時間が早いから」

「どういうこと？」

「到着時間から逆算するんだよ。朝の六時や七時を目指すとして、距離の短い関西や北陸は夜遅くの出発もあるけれど、四国や九州だと走ってる時間が長いから、前日の二十一時くらいがちょうどいいんだ。岡山や広島もだよ」

磯村は素直に「へえ」と言う。

「今が二十時だから、勝負は二時間くらいってとこか。それならまあ、なんとかなるか。丸亀行きが出たらこっちに合流しろよ」

「わかった。連絡する」

「約束だぞ。それと、生駒から何か言ってきても相手にするな。ここに現れなくても電話やＬＩＮＥがあるかもしれない。それに応じてのこのこ出向いたりするな。いいか、あいつは部費を使い込んだ盗人《ぬすっと》だぞ。なんのかんの調子のいいこと言って、おまえから金をふんだくろうとしても不思議はない」

「やめろ。まだ何もわかってない。金の使い道もはっきりしてないし、ほんとうにあいつがやったかどうかもわからない。今の段階で盗人呼ばわりするな。同じサークルの仲間じゃないか」

強気でたしなめたものの、磯村は少しもひるまずわざとらしいため息をついた。

「おまえがそんなんだからひとりにしておけないんだろ」

「いい加減にしろ。ケンカ売ってんのか」

「とにかくあいつから連絡があったら、勝手に動かずおれに知らせろよ。まちがってもびた一文出すな。約束しろ」

今度は哲人が大きく息をついた。「約束なんてするもんか」と返したいところだが、押し問答が長くなるだけだ。一刻も早く解放されたい。反論を飲みこんで立ち上がった。

「代わりに見張っててくれ。トイレ」

その場をあとにしてフロアの奥にあるトイレに行き、帰りに自販機で飲み物を調達した。ベンチに戻ると磯村も少しは頭を冷やしたらしい。哲人の顔を見るなり腰を上げた。

「勝手な行動だけは取るなよな」

ややトーンダウンした声で言われ、ハイハイと肩をすくめた。

ベンチに座り人混みに紛れていく後ろ姿を見送ったあと、哲人はスマホを手にいくつかのSNSをチェックした。新しい情報は何もない。下ばかり向いていることに気づいて顔を上げ、入り口や通路を見まわす。知らない人が右に左に行き交うだけだ。

生駒は今、どこにいるのだろう。何をしているのだろう。

ほんとうにあいつが部費に手を付けたのだろうか。

人なつこい笑みや明るい声が脳裏をよぎる。あいつが困っているならできうる限り手を貸してやりたい。

「お兄さん」

傍《かたわ》らから声をかけられハッとした。哲人の左隣は空席で、右隣に大柄な男性が座っていた。

「学生さんもいろいろ大変だね。ほらさっき、もうひとりのお兄さんと大きな声でしゃべってたろ。丸聞こえだよ。サークルの仲間が部費を使い込んだんだって?」

とっさに身体を引いた。男性は中年と呼ぶにふさわしい外見をしている。座っているので身長はわからないが哲人の倍はありそうな腹囲で、白いワイシャツのボタンホールはボタンに引っぱられ苦しそうだ。ズボンのベルトは埋没している。首も太く、顔は大きく、目も鼻も口も堂々として威圧感たっぷり。

「まさか、警察の人とか」

「ちがうちがう。と言っても半分は当たってるな。昔、警察官をしていたんだ。今はこんな仕事」

男性は見かけよりずっとすばやい動きで胸ポケットに手を入れ、小さな入れ物を取り出した。五十代くらいに見えたがもっと若いのかもしれない。中から一枚を引き抜いて差し出す。名刺だ。

拒絶もできずに受け取った。『あけぼの調査会社　チーフマネージャー　柳浦《やなぎうら》大《だい》悟《ご》』とある。

「調査会社？」

「興信所だね、要するに」

それはどういうものだっただろうかと考えながら口にする。

「身辺調査とか、浮気調査とか？」

男性、柳浦は「そうそう」と軽い雰囲気でうなずく。

「今もちょっとした張り込み中でね。毎度のことながら手持ちぶさただなと思っていたら、お兄さんたちがとなりに座って面白い……失敬、気になることをしゃべってたわけだ」

「はあ。うるさくしてすみません」

ただでさえ細い肩をすぼめると、柳浦はアハハと笑った。

「君をここに置いてったお兄さん、見たことある顔をしていたな。まさかテレビスターじゃないよね」

言われてすぐにピンと来た。特別なイケメンというわけではないものの、磯村は面長で涼しげな目鼻立ちをしている。

「よく言われています。なんとかって俳優に似てるんですよね。名前、なんだったっけな。主役を張るほどじゃないけど脇役として活躍してるみたいで。でもちがいますよ。その俳優なら三十代でしょ。あいつはまだ二十歳です」

「そうか。年がぜんぜんちがうね」

「はい。昔はその人も大学生役をやってたみたいで、再放送なんかが流れると女の子はきゃーきゃー言ってます」

俳優に比べて顎はしゃくれているし目は細くて吊り上がっているし。見慣れてしまえばどうってことのない顔だが周囲の評価はちがうらしい。

「いいねえ。おれも一度くらい、きゃーきゃー言われてみたかったよ」

いかつい顔で言われ、哲人はつい笑ってしまった。すいませんと謝ると相手も白い歯をのぞかせる。

「それで、君が探しているのは、俳優に似た彼とは別のサークル仲間か。特徴はあるの？　体格や髪型の」

ためらったが「餅は餅屋」と柳浦はすまして言う。

「こっちは人探しのプロだよ。これだけ人がいて出入りが多くても、それっぽい人物の気配や匂いは嗅ぎ分けられるんだ。ちなみに向こうの入り口付近に立っている水色のパーカーの女の子、あれはバレリーナか新体操の選手だね」

哲人の視線は自分たちがやってきた入り口付近に吸い寄せられ、しばらく頭を動かしてやっとそれらしい女の子を見つけた。小柄で細いのですぐに誰かの陰《かげ》に隠れてしまう。

「どうしてわかるんですか」

「非常に姿勢がいい。特に両肩のラインだな。歪《ゆが》みがなくて実に自然だ。さっき背伸びをしたんだが、やけに身長が変わった。つま先立ちしたんじゃないかな」

言われてみるとたしかに小柄ながら存在感がある。背筋が伸びているのだろう。

「うーむ。バレリーナだな。新体操の試合や合宿ならば他にも仲間がいるだろうが、いっこうに現れない。バレリーナだとすると、ひとりでオーディションを受けに来て、帰るところかもしれない」

話しているうちにも彼女は歩き出し、哲人たちの座るベンチ近くにある通路で足を止めた。縦に延びる長い通路に対して横に交わる短い通路だ。その先にあるのは自動ドア。黄色いビブスを付けたスタッフが、郡山《こおりやま》行きのバスの改札を告げる。彼女は慣れた雰囲気で列の後ろについた。荷物は肩に掛けた大きなショルダーバッグがひとつ。体格からすると小中学生にも思えるが、間近で見ると大人びている。表情に落ち着きがあって、頭が小さく手足が長い。

すっかりバレリーナという気分になってくる。

「今からだと郡山に着くのは真夜中ですね」

「家の人が迎えに来るんじゃないか」

バス利用は初めてではなさそうだ。家族の協力が得られていれば深夜到着も不安がないだろう。

「ん？　入り口付近に若い男がいるけど、あれではない？　黒いシャツを着てる男」

柳浦に言われてあわてて視線を動かした。ダンガリーシャツやボーダー柄のＴシャツを着た男もいるが、黒いシャツはひとりだ。なぜ他ではなくその男を指すのかと思ったが、見ているうちになんとなくわかった。自動発券機に近付いてみたり、袖壁の裏に引っ込んだり、スマホを見ながらフロアをうかがったりと、全体的に挙動不審だ。

「ちがいます。でも怪しい動きをしてますね」

「ここには雑多な人間がやってきて、みんな思い思いに過ごしている。でも目当てのバスがあり、時間になったら乗り場に向かうというのは共通しているんだ。それでいてバスの種類はかなりあるから、同じバスに乗り合わせることはめったにない。つまりこの場限りでお別れ。従って、まわりを気にしないというのも共通項だな」

柳浦の言う通り、カップ酒を飲みながら週刊誌を読んでいる初老の男性もいれば、コンビニで買ったとおぼしきおにぎりを黙々と食べている若い女性もいる。紙袋の中身をせっせと入れ替えている中年女性もいる。一番多いのはスマホの、おそらくゲームをしている若者だろう。バラバラなようでいて、誰もが自分だけの時間を過ごしている。

のべつまくなしに流れるバス案内のアナウンスはせわしないが、機械を通しての声なので肉声のやかましさとは異なる。フロアは人数の割に静かで、カタカタとスーツケースを転がす音だけが響く。互いへの関心が薄い集団だ。

そんな中、探るような目であたりを見まわす人がいれば、否《いや》が応でも目立ってしまう。黒いシャツの男は何をしているのだろう。

「そういえば君が捜しているのは男とも限らないね。女性かもしれない」

「男です」

ひとつ答えると、口がゆるむ。

「身長は百七十センチと少し。顔立ちはそこそこって言うのかな。どっちかというと垂れ目だから笑うと子どもみたいに愛嬌があります。髪は最近さっぱりしました。以前は寝癖がひどかったんですよ。見てくれに気を遣わず、よれよれのジャージを着て足元はビーサンが定番。酒好きだけど弱くて、宴会では決まって盛り上げ役です」

柳浦は「ほう」と声を出す。

「付き合いやすそうなやつだね」

「だと思います。おれにもけっこう話しかけてくれて。気のいいやつです」

「『おれにも』って、君は話しかけにくいタイプなの？」

言われている意味がわからず、しばらくして自分の不用意さに気づく。

「いえその、おれ自身が人見知りする方で。大学で初めて東京に出たから、今思うと神経質になっていました」

見ず知らずの人と、こんなふうに気軽に話せなかった。田舎者と思われたくなかったし、イントネーションの違いを笑われたくなかった。都会の人間はみんな地方出身者を下に見ているような気がしたのだ。

「大学で上京か。生まれはどこ？」

「倉敷です」

「瀬戸大橋の近くだな。おれはその橋を渡り、さらに行った先にある徳島だ」

聞いたとたん、気持ちがふわっとほどける。都会と地方を色分けするのも一種の偏見だろうが、肩の力が抜けるのはどうしようもない。まだまだ自分には気負いがあるらしい。

「四国ですか」

「いたのは中学までだ。親の家ももうないから長いこと帰ってない。君はずっと倉敷？」

「いいえ、親の仕事の都合で鳥取や島根にもいました。中学から倉敷で、親は今でも住んでます」

「地方の親御さんが、子どもを東京の学校に行かせるのは何かと大変だろう。君のところはちがうのかもしれないが」

「大変ですよ。だからおれもバイトしてます。『いらっしゃいませ！』って、お客さんが入ったら声を合わせる居酒屋の、チェーン店」

バイトとサークルのかけ持ちかと言われ、哲人は短く説明した。人見知りではあるが気の置けない友だちとわいわいやる雰囲気には憧れがあった。中学高校とパッとしない学生生活を送ってしまったので大学では心機一転、長く付き合えるような仲間を作りたかった。

　そこでネットを駆使して調べ、ゆるい活動ながらも羽目を外しすぎず、経費も最低限に抑えられそうなアウトドアクッキング部を選んだ。年に何回か関東周辺のハイキングコースを歩き、河原などで野外料理を楽しむ会だ。

「バイトは入れやすいですし、山歩きならついていけそうだし、先輩たちも話しやすい人たちだったので、おれにとってちょうどいいサークルだったんです。でも自分自身の性格は思ったように変えられなくて、馴染むのに時間がかかりました」

　入学と同時に親元から離れ、何もかもが初めてなのに欲張りすぎたというのもある。大学にもバイトにもサークルにも神経をすり減らし、気の休まる暇がない。まわりのみんなは順調に友だちを作っているように見えて焦ってしまう。寝付きが悪くなり、食欲がなくなり、疲れが取れない。

　悪循環の中、声をかけてくれたのが同じ学年の生駒だった。けろりとした明るい笑みや、歯切れのいい「おはよっ」の声、噴き出さずにいられない失敗談、何かを頼むときの大げさな祈りのポーズ、連れて行ってくれたラーメン屋、気前よく分けてくれたサービスチケット。それらのひとつひとつが自分とサークルを縫い止めてくれた。サークルだけでなく、もしかしたら大学やこの街とも。

「引っ込み思案の君にとって、生駒くんは初めてできたこっちの友だちか」

「おれ、名前を言いましたっけ」

「さっき俳優似の彼がしゃべっていたよ。商売柄、名前や顔は忘れない方なんだ。その生駒くんが部費に手を付けてトンズラしたんだね」

柳浦は渋い顔になり、哲人は忘れかけていた警戒心を蘇《よみがえ》らせる。

「ほんとうに警察官ってことはないですか」

「元だよ、元。心配するな。部費の使い込みくらいで、おれみたいな年格好の刑事が出てくるはずもない。生駒くん、賭け事はどう？　麻雀《マージャン》とか競馬とか。今どきはゲームの課金やクスリってのもあるな。それらで作った借金の穴埋め、っていうのがよくあるパターンだ」

「ないと思いますけど。あいつも自分の小遣いをバイトでまかなっていました。麻雀やパチンコをやったとしても、ちびちびと使ったくらいじゃないかな。ゲームはたぶんほとんどやってなくて、クスリは聞いたことがない」

「最近、急に変わったことは？　学校を休みがちとか、つるむ友だちが今までとはちがうとか、体調が悪そうとか、逆にテンションが高いとか、羽振りが良くなったとか」

哲人は唇を噛んで首をひねった。

「学部がちがうんで、しょっちゅう顔を合わせるわけではないんです」

よくわからないという答えが、それではほんとうの友だちと言えないのではないか、という疑念を連れてきて憂鬱になる。

「生駒くん、どんなバイトをやってたの？」

「街頭でのアンケート調査とか、何かの行列に並ぶとか、ドラマ撮影のエキストラとか、イベント会社の手伝いとか」

「同学年ならば大学に入って丸二年だろ。その二年でずいぶんいろんなことをやってるんだね。さっき髪型が変わったと言ったろ。寝癖の髪がさっぱりしたと。服装はどう？　今もよれよれのジャージのまま？」

哲人が最後に会ったのは二ヵ月前、春休みに行われる山歩きの打ち合わせに生駒も来ていた。二月の寒い頃だったので軽装ではない。セーターとジーンズ、足元もスニーカーだった。「いいの履いてるじゃん」と誰かが言っていたのを思い出す。名の知れたブランドものだったらしい。

「小綺麗にはなってました。そういえば彼女ができたらしく、かっこつけてるんだろうと先輩にからかわれ、ちがいますよと慌てていました」

「彼女が……最近？」

「生駒はしゃべりも面白いしノリがいいから、女の子とも気が合うんです。彼女っぽい子は今までもちらほらいました。でも今回はちがう大学に通う、すごいお嬢さまだそうで、みんなに冷やかされていたんですよね」

真剣に話し込んでしまい、大切な用事を忘れていた。哲人は顔を上げ背筋を伸ばし、フロアを注意深く見つめた。すると小学生くらいの男の子が、トイレ脇の壁にもたれかかり立っている。まわりに親らしい姿はないが、こんな時間にひとりということはないだろう。見た感じ、大きな荷物も持っていない。

すると、その子もこちらを向いたので目が合ってしまう。ズボンをはいているし髪も短いので男の子だと思うが、女の子でも通じるような中性的な顔立ちをしている。強めの双眸《そうぼう》が物怖じせず見返してくるので、哲人の方が目をそらした。気にしていると思われたくなかったのだ。

関心があるとすればさっきの黒いシャツの男。けれどみつけられず、バレリーナかもしれない女性も出発したあとなのだろう。彼女が並んでいた場所には、京都行きのバスを待つ行列ができていた。

どこもかしこもひっきりなしに入れ替わる。そもそもバスの本数が桁外れに多いのだ。電光掲示板をよく見れば、五分の間に三本から五本のバスが出発していく。一時間で約五十本だ。掲示板が大きいのも、目がちかちかするほど便名が並んでいるのも致し方ない。それだけの行き先があり、利用客がいる。

「おい。混んできたな。場所を変えようか」

柳浦に小突かれ、すぐ近くの通路に、若い女性と高齢の女性が立っているのに気がついた。席を探しているらしい。空いている椅子はいくつかあるものの、並んで座れるような席がない。哲人は柳浦と共に立ち上がった。女性たちは恐縮しつつも入れ替わりに腰かける。

「生駒くん、すごいお嬢さまの彼女ができたのか。そりゃ、付き合うには金がかかりそうだな」

「かもしれませんね」

気乗りしない声を返した。

「どうした。いきなり疲れた顔になっているぞ」

「金の使い道を考えてもどうしようもない気がするんです。だって、まだあいつがやったと決まったわけでもないのに」

「ああ。君はそんなふうに、俳優似の彼に言ってたね」

人気《ひとけ》の少ない場所を探し、トイレの向かいにある壁に並んで立った。先ほどの男の子の姿はもうない。どこかに出発したのだろうか。まだフロアにいるのだろうか。到着便で下の階に着き、たまたま上にやってきたのかもしれない。

「そもそも金はどんなふうに保管してたんだい？」

「これまでの繰越金を含めて、サークルの金は銀行の口座に入っています。カードは経理担当が部室の金庫に入れて管理していました。暗証番号も金庫の番号も経理担当しか知りません。それなのに、四月の新学期になって入金や振り込みのついでに記帳してみたら、ごっそり引き出されていたと。あわててまわりに聞いてみると、以前、経理担当が金庫を開け閉めしたときに、生駒がそばにいたと言い出す人がいて、真っ先に疑われたんです」

「金庫が開けられたとして、カードの暗証番号は？」

「初代の部長の生年月日とか、富士山の標高とか、噂《うわさ》はいくつかありました。そのどれかが当たっていたのかもしれない」

「生駒くん本人はなんと？」

「きっぱり否定せず、待ってくれと言ったそうです。いろいろ事情や理由があるんだと」

柳浦が渋い唸《うな》り声《ごえ》を上げる。

「無関係ではないわけだ」

哲人は胸に溜まっていた息をつく。関係があるのなら、とぼけたりごまかしたりもしなかったのはこのさい潔いとも言える。敢《あ》えてよかった探しをするとしたら、そこがプラスポイントだろうか。

「口座から下ろされたのはいくら？」

「二十八万円。春休みに泊まりがけの山歩きが計画されていて、会費を徴収していたんです。でも天候不順で延期となり、まとまった金が入っていました」

「発覚したのはいつ？」

「一昨日です。その日のうちに詰め寄った人がいて、生駒はどこかに行ってしまいました。アパートに戻った形跡はなく連絡も取れない。ところが今朝になって、金は今日必ず返す、大ごとにしないでくれと、経理担当に電話がかかってきました。期待して待っていたところ夕方になっても現れず、入金もありません」

「ふつうに考えれば、今ごろ金策に走りまわっているんだろうな」

もどかしい思いで哲人は眉根を寄せる。

「磯村はそれを止めたいんです。人にたかるな、人の金をあてにするなって。でも生駒には生駒の、どうしようもない、ぎりぎりの事情があったかもしれない。誰かを庇《かば》っているとも考えられる。最初から犯人と決めつけ、盗人呼ばわりするのは、どうかと思うんです」

つい、声に力がこもった。磯村が正しいことを言っているのはわかる。疑われるようなまねをする方が悪い。さらなる騒動を起こすのは絶対に止めなくてはならない。よくわかっているのだけれども、誰もが理路整然とは生きられない。待ってくれと言いたくなるようなときもあるだろう。

それを「甘い」と吐き捨てる磯村の方に、哲人は反発を覚える。初めて会ったときから付き合いづらくて苦手な男だった。

「なるほど。君の言うのも一理あるね」

「ほんとうのことは知りたいですよ。一刻も早く解決したいです。そう思うからこそ、おれはここに」

大きく深呼吸をして電光掲示板に目をやった。本命は二十一時十五分発という丸亀行きのバスだ。今は二十時三十分。まだ先だ。

「生駒くんはここからバスに乗る可能性があるの？」

「あいつは埼玉の出身なんですけど、おばあさんが四国にいるそうです。前に、主人公が国家権力に追われる映画を見たときに、自分だったらどこを頼るかという話になり、おばあさんのところだと言っていました」

国家権力と部員三十人足らずのサークルを一緒にするわけにはいかないが、実家の両親より、いざとなったら助けてくれるのはばあちゃんだと生駒は力説していた。

「田舎の年寄りに泣きつくのか？　オレオレ詐欺の見本みたいな話だな。本物の孫なら詐欺にはならないだろうが」

「だから電話ではなく、出向くんだと思うんですよ」

「四国の丸亀だっけ」

それも聞かれていたらしい。耳も記憶力もいい人だ。

「瀬戸内海に面したのどかな町だよな。なだらかな平野に緑の水田が広がって、その中にぽっこりきれいな三角形の山がある。讃岐《さぬき》富士だ。知ってるだろ」

ぎょろりとした目玉が動き、低い声で念を押されて哲人はうなずいた。柳浦はいかにも満足そうに顎をしゃくる。どっしりした体格も膨らんだような気がした。

「丸亀は瀬戸大橋の足元近くにある町で、君の故郷である倉敷は本州側の足元。おお、いいね。海で隔てられてるとはいえ、橋で繋がっているんだ。なるほど。君は生駒くんとそんな話をして親近感を持った。ちがうか？」

「ちがいますよ。繋がってるなんて、思っていませんし言いません。あいつはこんなふうに話したんです。『ばあちゃんちに行く途中、橋を渡る前に、おまえの住む町を通ってたんだな』って。それはちょっと新鮮でした」

倉敷市の中心部は内陸に入ったところにあるので、ふだんは海も橋もあまり意識していない。でも東京に出て、ホームがいくつもある巨大な駅や、まごついてばかりの地下街、何車線なのか数え切れないほどの大通り、繁華街の猥雑さに圧倒されていたので、緑の小島が浮かぶ瀬戸内海が脳裏によぎり、ほっと息をつくような思いがしたのは事実だ。青い空を飛び交う海鳥の鳴き声が聞こえたような気がした。

「瀬戸大橋からの眺めを、バスの車窓から見たりしたかな」

「ですね。すごく綺麗だったと言ってました。親と一緒のときは飛行機で、高校の二年の夏休み、初めてひとりで新宿から夜行バスに乗ったそうです」

「それで、現れるとしたら他のターミナルではなく新宿と？」

確率が低いことは承知している。あやふやな話だ。けれど生駒に送ったメッセージは既読にならず、向こうからの連絡はない。哲人にとって心当たりはここしかない。

「もう少し待つとして、どうだ？　ちょっとは外の空気でも吸わないか？」

柳浦は待合室の奥にあるドアへと目配せする。バスの乗車ゲートは十二ヵ所のうち三ヵ所が待合室に接している。通路に並んでガラスドアから出れば、バスが待ち構えている。けれど残りの九ヵ所は屋外にあり、乗客は待合室から移動しなくてはならない。ほとんどの客が外に出るわけだが、そちらに的を絞れば屋内三ヵ所がノーマークになる。

「でも丸亀行きだけじゃなく、念のため、四国行きのすべてのバスに気をつけなくては」

「大丈夫だよ。このあとしばらく、四国行きはみんな屋外からの出発だ。外にいても見逃さないよ」

掲示板を確認すると、たしかに屋内の三ヵ所は関西方面や北陸方面が続く。

「柳浦さんはいいんですか。仕事でここに来てるんですよね」

張り込み中と最初に聞いたが、フロアをうかがうような素振りは見せない。

「こっちの本番はまだ先だ。君に付き合っていても、アンテナくらいは立ててあるから問題ない」

そんなものだろうか。今は退屈しのぎで話し相手になっているのだろうか。

待合室の奥にあるドアから表に出ると、夜の空気は冷えていたが開放感があって気持ちいい。ビルの四階部分にあるそこは夜空の下、大型バスが何台も待機していた。発券所やベンチコーナーのある待合室は広く感じていたが、建物のほんの一部でしかないことに気づかされる。バスが発着するロータリーはその四、五倍はありそうだ。

周囲を見渡している間にも一番手前のゲートからバスが出発していった。そのあとすぐ、後ろに待機していた一台が前に進んで定位置に着く。バスのドアが開き、運転手や乗務員が降りてくる。改札の開始がアナウンスされ、乗車が始まる。

お客さんのほとんどはその場にいるので、五分もあればチケットの確認も大型荷物の預け入れも乗車も完了してしまう。もう五分、最終案内が流され、さらなる利用客を待つ。やがて定刻になってドアを閉めて出発していく。

乗車開始から終了までたったの十分。これを十二ヵ所のゲートでどんどん繰り返す。手際の良さがあるからこそ、一時間で約五十本がさばけるのだ。

ロータリーに沿って人の歩ける通路が整備され、等間隔でゲートと標識、ベンチが設置されている。そのひとつに柳浦が腰を下ろしたので、哲人も隣に座った。屋内とちがって屋外は人が少ない。ベンチも空いている。

「長野行き」「南紀白浜《なんきしらはま》行き」「君津《きみつ》行き」、バスは次々に発車していく。柳浦がしきりにスマホを操作しているので、哲人はバスをぼんやり眺めた。このどれかに飛び乗ったなら、明日の朝には長野や白浜の町を歩いている。ほんのひと眠りで遠い場所に運ばれる。

見とれているその目の前を、黒いシャツの男が横切った。待合室で怪しい動きをしていた男だ。いつの間にか外に出ていたらしい。哲人たちには目もくれなかったが、しきりにあたりを見まわしているところからして誰かを探しているようだ。自分よりいくつか年上だろう。いかにも機嫌の悪そうな、難しい顔をしている。

男が屋内に入ってしまってから哲人は口を開いた。

「今の、見ましたか。黒いシャツの男がすぐそこを通ったでしょう?」

柳浦は太い指を止めて、頭を縦に振った。

「誰かを捜している雰囲気でした。でもおれたちには目もくれない。捜しているのは女の人じゃないですか? もしかしたら、彼女や奥さんが他の男との駆け落ちを計画してて、それを嗅ぎつけ阻止しに来たのかも」

哲人の推理に、柳浦は気のない声を出す。

「張り込みならあんなに堂々と歩いて、あからさまにきょろきょろしないよ」

言われてみれば確かに、黒いシャツの男は人目を気にすることなく、ふつうの歩幅で通路の真ん中を歩いていた。

「相手に見つかってもかまわない、むしろ、見つけてくれと言わんばかりの歩き方なら、やばいクスリの受け渡しなのかも。約束の時間になったので、取り決め通りうろうろ歩きまわり、向こうからの接触を待ってるんですよ」

「それなら変装のひとつもするだろ。最低限、帽子をかぶりサングラスやマスクをつけている。こういうところには監視カメラが設置されているからな。顔が目印で相手に捜させるなんてありえない」

「ではなんですか」

多少とんがった声になってしまう。

「さあな。手荷物は背中の小さなリュックだけ。服装にも特異性がない。材料が少なすぎて判断のしようもない。ただ最初に見たときは離れた場所に身を潜め、フロアの人たちをうかがう様子だった。こそこそして見えたんだよな。でも今はちゃんと顔を上げ、知り合いを捜しているような雰囲気だ。短い間に心境や状況の変化があったんだろうな」

その変化とは何だろう。見ず知らずの人だが挙動不審の理由や歩きまわっている理由が気になる。素朴な好奇心だ。考えても答えはおそらく出ず、今の自分が気にすべきは他のことだ。気持ちを切り替えたくて顔を上げると、夜空には高層ビルが聳《そび》え立っていた。四角い窓ガラスが青白い光を放っている。

スマホを操作していた柳浦がそれをポケットにしまおうとしたのだろう。動かした腕が哲人の脇腹に軽く当たった。何気なしに彼のスマホに目をやれば、夜空とはまったくちがう青い空がある。哲人の視線に気づき、柳浦がにやりと笑った。

「ここ、どこだかわかるか？　吉野川《よしのがわ》だよ」

ロック画面の上半分が真っ青な空。その下に濃い緑の茂み、白茶けた岩盤が横たわり、一番底に銀色の水が流れている。

「柳浦さんの故郷の川？」

「ああ。子どもの頃は川下りの船頭になるのが夢だったな」

今の体格ではよっぽどうまくバランスを取らないと傾いてしまいそうだ。

「吉野川は別名、『四国三郎』と言う。では二郎と太郎は何を指す？　知ってるか？」

「四国の川ですよね。四万十川《しまんとがわ》と、あとは何かな」

「ぶっぶー。四国じゃない。全国規模だよ。関東を流れる利根川《とねがわ》を『坂東太郎《ばんどう》』と言い、北九州の筑後川《ちくごがわ》が『筑紫二郎《つくし》』だ」

いつの時代の話だろう。ぜんぜん聞いたことがない。

「よく氾濫を起こしていたから『三大暴れ川』とも呼ばれていたらしい。さしずめおれは坂東太郎だな。長男だから」

「三人兄弟なんですか」

「いや。ふたりだ。兄弟は弟がひとり。年が離れていてね。六つ年下だ。君とこんなふうに話しているとちょっと懐かしい」

哲人には姉がいるだけだが、男兄弟のいる人を羨ましく思ったことはなかった。友だちの兄ちゃんはだいたいが不機嫌で怒りっぽく、弟は生意気でかわいげがなかった。でも今、柳浦と話していると、笑ったり言い返したりが自然とできる。「懐かしい」と目を細めるのを見て自分までくすぐったくなる。

「弟さんは今、どこにいるんですか」

「東京だよ。徳島を離れたのはおれが中学、弟は小学生の頃だ。親父が大阪に住むっていうから仕方なくついていった。そのあとおれが東京に出て、自分で稼げるようになってから弟を呼び寄せた。高校くらいは出してやりたくて」

最後のひと言で、自分のまわりにはいない人だと気づく。大した理由もなく弟を蹴ったり兄を鼻で笑ったりするのは、助け合う必要に迫られてないからだ。それが幸福なことなのかそうでないのかはわからなくなる。

「弟も徳島のことをよく覚えてて、今度一緒に帰ろうと話していたんだ」

「吉野川を見に行くんですね。四国三郎でしたっけ」

「やっぱり飛行機よりもバスだな。そうすると夜が明ける頃に橋を渡って、停留場で降りたら朝のうどん定食だ。おにぎりや卵焼きもついてるんだぞ。いいだろ。鳴門《なると》ワカメの天ぷらも追加してやろう」

うまく想像できないが、美味しそうではある。

「以前は警察官をしてたんですよね」

「なんで辞めたのか気になるか」

察しのいい柳浦に、哲人はためらいつつもうなずく。

「警察官になって十数年たった頃、張り込みをしていたら連絡があってね。弟が事故に遭い、手術するから病院に来てほしいと言う。親族はおれしかいない。行くしかないだろ。同僚に断り、上司の許可も得てから現場を離れたんだが、そういうときに限って事態が動くんだな。まあ、おれがいたって容疑者は逃がしたかもしれないが。責任を感じたとか居づらくなったとか、そんなのとは別に、気持ちの区切りが付いた。おかげですっきりしたものだ。見ての通り身体は頑丈にできてる。警備会社に入り、そのあと今の仕事に就いた」

「弟さんの怪我は？」

「おれより若くてぴんぴんしてるからな。後遺症も残らず完治したよ」

その方が重要だったと言われているような気がした。肉親がふたりだけという状況で、「また」があった場合、同じように現場を離れてしまうかもしれない。それを見越しての決断だったのか。

哲人が神妙な面持ちになっていると、屋内の待合室から出てきた女性がベンチの前を通りかかった。そのとたん、背後から慌ただしい靴音がして「チホ！」と声が聞こえた。

女性は振り向き驚いた顔になる。哲人たちも驚いた。黒いシャツの男だ。

「どうしたの。なんでこんなとこにいるの」

女性と同じセリフを言いたくなる。

「チホに返さなきゃいけないと思って。ほら、昼飯代と夕飯代、二回も出してもらっただろ。今日、バイト代が入ったんだ」

男は背負っていたリュックから白い封筒を取り出した。

「利子もいれて、三千円。ありがとな。助かった」

「そんなのいつでもいいのに。ここまでわざわざ返しに来たの？」

女性は相好《そうごう》を崩してころころ笑う。ベージュ色のジャケットを羽織り、膝丈のスカート。肩に大きなバッグをかけていた。黒いシャツの男も硬い表情を拭い去り、目を細めている。

「今日の夜、新宿から夜のバスに乗ると言ってたろ。早く返したかったから」

「気を遣わせちゃったね。なんか申し訳ない。でもせっかく来てくれたんだから、ありがたく受け取るね。これでお土産でも買ってこようか。食べたがってたでしょ、なまはげ饅頭！」

明るく陽気な女性とは対照的に、男の表情はまた硬くなって目を伏せる。

「今度、おれも行きたいな。バスに乗って秋田まで。お父さんの容体が良くなることも祈っているよ。ああこれ、お見舞い。何を買っていいのかわからないから。えっと、パジャマとかスリッパがいいんだっけ。代わりに買ってよ」

言いながらリュックからもう一枚の封筒を取り出した。女性の手に押しつけるようにして渡す。女性はすっかり真顔になっていた。呆然としているように見える。思いがけなかったにちがいない。

やがて時間じゃないのかと男が促し、ショルダーバッグを預かった。女性は封筒を手にしたまま、もう片手で目尻を押さえる。ベージュ色のジャケットと黒いシャツ、ふたつの後ろ姿が付かず離れず通路を歩いて行く。秋田行きのバスは奥のゲートで改札を始めていた。

ふたりの姿が見えなくなったあとも柳浦は黙っていた。哲人も口をつぐむ。

黒いシャツの男が誰を探していたのかはわかった。同じ年頃の、秋田行きのバスに乗る女性だった。彼女の前にどう現れて、何を話すのか、男はバスターミナルに来る道々も、到着してからも考え続けていたのではないだろうか。物陰に隠れてこそこそしていたのではなく、勇気を振り絞るかどうかの選択を迫られ、頭がいっぱいだったのだ。

「いやー、わからんものだな」

やっと口を開いた柳浦が立ち上がり、引き揚げようというので哲人もあとに続いた。

「待合室に着いたときにはテンパっていたが、彼女を捜しているうちに肚《はら》を据えたということか」

「ですね。なんか、見てるだけでこっちまでドキドキというか、ハラハラというか」

見舞金に添えたセリフはかなりの棒読みだった。一生懸命考えたのではないか。見舞いの品としてパジャマやスリッパをあげたのも、いかにもネット検索っぽい。

「さてさて。君の待ち人はどうだろう」

屋内に戻ると、新しい顔ぶれが増えているような気がした。今の出来事について柳浦と話がしたかったが、その前に生駒がいるかどうか、確認しなくてはならない。気持ちを引き締め腹にも力を入れたそのとき、スマホに着信があった。

画面を見て息をのむ。生駒からの電話だ。柳浦も気づき、すぐさま活を入れてくる。

「おい、しっかりしろよ。電話には出てもいい。このターミナルからは出るな」

哲人は画面をタップした。

(益子？　よかった。おれだよ、おれ)

「わかってるよ。なあ、ずっと心配してたんだぞ。今どこにいる」

(おまえこそ、どこにいる？)

「新宿だ」

(よかった。なら近くだ。今すぐ会いたい)

まるでいつもの生駒の声だ。明るく歯切れが良くて心にするりと入ってくる。

「バスクル新宿にいる。待っているからすぐ来いよ」

(バスクル？　って、どこだそれ)

「新しくできたバスターミナル」

(ごめん。場所がわからない。悪いけど東口に来てくれ。頼む。紀伊國屋《きのくにや》書店に向かってくれるか。また連絡する)

目だけ動かして柳浦を見た。重々しく首を横に振っている。

「待てよ。おれは動かない。バスターミナルにいる。おまえの方がこっちに来い」

しばらく間が空いた。固唾をのんでいるとまた声がする。

(おまえに助けを求めちゃダメなのか?)

「そんなことない。ちゃんと話を聞く。どうすればいいのかおまえと一緒に考える」

(金が要るんだ。知っているだろ)

「いくら?」

哲人の脳裏についさっき見たばかりの封筒がよぎった。片一方には三千円が入っている。もう片方にはおそらく五千円、張り込んだとして一万円。

(十万円)

受け取った女性は真顔になっていた。一緒に食事をして、ワリカンにも事欠く彼の懐事情を知っている。いいよいいよ、気にしないでと、おそらく言いながら二千円ちょっとを支払った。するとバイト代が入ったからと返しに現れた。その彼が、さらに差し出した封筒だ。五千円でも一万円でも、彼にとって大金だと知っている。それで棒立ちになったのではないか。

彼にしても、稼ぎの少なさを自覚している。フロアの隅《すみ》で逡巡せずにいられないほどに。

よくわかる。哲人自身も似たような金銭感覚だから。

「十万は無理だよ」

（でもあるだろ。切羽詰まった状況なんだ。とにかく会って話がしたい）

「バスクルまで来てくれ」

（バス？　おまえ、どこかに行くのか？）

そのあと音声が途切れがちになり、また連絡すると言って電話は切れた。

耳をそばだて一部始終を聞いたとおぼしき柳浦に促され、哲人は近くのベンチに腰を下ろした。もうまわりの人に注意を払う必要はない。哲人のあては外れたのだ。

「さっきの黒いシャツの男は三千円を返しに来ましたよね。でも考えてみたら、生駒はおれが立て替えた金をほとんど返さない。学食で使う五百円とか飲み代の二千円とか、それくらいなんですけど、おれにとってはどうでもいい金じゃないです」

「返せと、君は言わないのかい？」

「言うこともあります。すると映画の招待券をくれたり、何か奢《おご》ってくれたり」

それで自分は「まあいいか」と流した。人気者の男に甘えられるのも親しげにふるまわれるのも悪い気はしなかった。

「友だちには『やるつもりの金』しか出さないことだ。返されなくても諦めのつく金額だけ。昔からそう言われてる」

うつむいて頭を縦に振る。悪い気はせず、いい気分になっていたからこそ続いた関係だ。本気で返せと詰め寄っていたら疎遠になっていただろう。

「生駒くんについてはおれにも気になっていることがある」

「柳浦さんが?」

「さっき君、言ったろ。生駒くんは高校二年の夏休み、ひとりで夜行バスに乗ったと。倉敷の市内を通り瀬戸大橋を渡って四国に入り、丸亀のおばあちゃんの家までだったね」

「はい」

「でもね。丸亀行きのバスはふつう、瀬戸大橋を通らないんだよ」

驚いて頭の中が真っ白になる。

「東京から行く場合、神戸から淡路島《あわじしま》を走り抜け、大鳴門橋《おおなるときょう》を渡った方が早くなる。高松《たかまつ》の郊外を経由して丸亀に到着するんだ」

真っ白になった頭の中に地図が広がる。淡路島を通り抜けるルートが浮かぶ。帰省のバスでは倉敷行きしか乗ったことがなく、四国行きの道順をちゃんと考えたことがなかった。

「岡山経由で四国に入る便もないとは言い切れない。だから同僚に調べてもらったんだが、三年前の夏も四年前の夏も、そういうバスは走っていないそうだ」

おまえの住む町を通っていたんだと言われ、すっかりその気になった。「その気」とはつまり、友だち気分だ。

「あいつ、なぜそんなでまかせを」

おそらくそう言った方が相手が喜ぶと感じたからだ。生駒は人の心を読む能力に長《た》けている。柔軟性があり、サービス精神に富んでいる。この場合のサービスとはご機嫌取りみたいなものだろう。

そして生駒は、自分に心を開いた分だけ相手に甘える。それが許されると思っている。

哲人はうつろな思いで電光掲示板を眺めた。数十台、いや数百台というバスが一日のうちにターミナルから出発していく。目的地があり、そこを目指す人を乗せていく。けれど自分には何もないような気がした。乗りたいバスも乗るべきバスもなく、すべての人が出て行ったあと、ひとりぽつんとここに残るのだ。

東京に出て大学に通い友だちを作りバイトも頑張って、四年で卒業したらブラックではない企業に就職し、いずれ彼女ができてこっちで結婚する。漠然と思い描いていたルートから、すでに一歩目のところで脱落していたらしい。

突然、吹き抜ける風のように思う。地元の大学に、あるいは専門学校に、入れば良かった。

再びスマホが振動した。今度は磯村からの電話だ。

出たくないが、しつこく何度もかかってきそうだ。

「もしもし」

(ああ、おれ。今どこにいる?)

「バスクルだよ」

(そうか。生駒に金はやってないよな?)

「うん」

(あいつ、やっと捕まった。警察じゃなく、おれたちにだよ。そしたら金を持っててさ。部費は回収できた)

ついさっき、十万円をせがまれたばかりだ。あれからほとんど時間が経っていないのに、どうやって? それとも自分に電話をしてきたとき、すでに金は調達できていたのか。だったらなぜ声をかけてきた? いい想像はまったくできない。

(これからのことは話し合いになるけど、ともかく金は経理担当に戻った)

報告の電話だったらしい。磯村も外にいるようで、雑音の中で慌ただしく通話は切れた。

それきり、どれくらいぼんやりしていただろう。丸亀行きのバスももう出てしまった。

「生駒のことを信じたかったんです。いいやつで、いい友だちだと思いたかった」

「焦るな。彼を知る、きっかけができただけだ。決めつけは良くないと自分で言ってたろ。それよりも、君にはいい友だちがいるように思えるんだけどな」

「おれにですか？」

歪んだ笑みが浮かぶ。都会に出て最初の一歩で躓《つまず》いていた。ふさわしくない道を選んだからではないだろうか。唇を噛んでいるとまたスマホが振動した。メッセージが届いた。磯村からだ。近くにいるので今からバスクルに寄るという。なんでわざわざ。画面をのぞきこんだ柳浦から「張り込みは終わりだな」と肩を叩かれる。

「もう行きなさい。こっちはこっちで本腰を入れるから」

そう言って、半ば強引に立ち上がらせる。哲人は腰を下ろしたままの柳浦に向き直り、お礼やらお詫びやらの言葉を探した。さんざん付き合ってもらい、愚痴《ぐち》の聞き役までさせてしまった。「ありがとうございます」「すみません」を、しどろもどろで繰り返していると、「もう来たぞ」と指を差された。

フロアの一番奥にいたので、入り口は遠い。

「見てきます」

「戻らなくていい。こっちも面白い暇つぶしをさせてもらったよ。じゃあな、元気でな」

これきりにしたくなかったが、そのためには先にこの話のけりを付けるに限る。足早に通路を進むとほんとうに磯村が来ていた。哲人に気がつき晴れ晴れとした笑みを浮かべる。

「生駒は？」

開口一番に尋ねると経理担当やら部長やらに任せてきたそうだ。部費の使い道や、持っていた金の出所を吐かせようとしているが、生駒はのらりくらりとはぐらかしているらしい。半分「らしい」と思い、半分は気が揉める。

部費に手を付けたのは悪い選択だ。金が戻ってもサークルをクビになりかねない。クビになることも、サークル仲間に金をせびるのも、悪い選択の続きにしか思えない。ほんとうにそれでいいのかと言いたくなる。柳浦が指摘したように自分はまだ、生駒について知らないことが多すぎる。このままにせず、もう一度しっかり目を向けたい。たとえそれが失望に終わったとしても。

「おまえはずっとここにいたんだよな？」

「うん」

「よかった。おれさ、おまえみたいなのが生駒にたかられるの、ほんと、いやなんだ」

生駒のことを考えていたので、磯村が何を言っているのかよくわからない。

「だってさ真面目にバイトやってるじゃないか。千円稼ぐのも楽じゃないよな。それを簡単に巻き上げようとするのはむかっ腹が立つよ」

磯村は金の話をしているらしい。それはもしかして、客の汚した床を雑巾で拭いて得た金とか、ひび割れした手で食器洗いをして得た金とかの、話だろうか。稼ぐのが楽じゃないのはそういう金だ。だとしたら千円の向こう側を、磯村は見ているということか。ほんとうに見えているかどうかはさておいて、向こう側があることを知っているのか。

「なんだよ、変な顔して」

「意外だな。おまえって、田舎者を馬鹿にしている、都会のお坊《ぼっ》ちゃまって気がしていた」

「ひでえな。それこそ東京生まれを馬鹿にしてる。考えを改めろ」

えらそうなと笑ってしまった。鼻持ちならないところは多分にあるやつだ。でももっと言いたいことはずけずけと言ってやろうと思う。言ってもいいやつらしい。

「おまえは生駒贔屓《びいき》だったからな。ここに来ても心配してたんだ。そしたらおまえがトイレに行ってるとき、となりに座ってた人に声をかけられた。カモられないよう見張っといてやろうって」

柳浦の顔が浮かぶ。「お兄さん」と呼びかけられ、あれよあれよという間に自分が置かれている状況や胸の内を話してしまった。最初から危なっかしいと思われていたのか。磯村と約束していたのか。裏を知ると、恥ずかしさでくらくらしてくる。

そんな哲人をよそに、磯村はポケットから名刺を取り出した。哲人も同じものを出す。場所柄、互いのバスチケットを確認しあっているようだ。

「この人、磯村を見て、テレビに出ている俳優に似ていると言ってた。なんて名前だったっけ」

「柳達矢《やなぎたつや》だ」

「ああ。そうだったな」

哲人は間延びした声を出したが、磯村は眉をひそめる。

「柳と柳浦。気になって、ここを出たあと柳達矢のフェイスブックを調べた。そしたら本名は柳浦というそうだ。出身は徳島県。お兄さんと一緒に写っている写真が載っていた。姿形はぜんぜんちがうけど、正真正銘、本物の兄弟ですって」

まさかと驚く。

「もしかしてあの人は、俳優の実の兄弟？」

「写真を見たからまちがいない」

「なんで黙っていたんだろう。言ってくれればいいのに」

磯村は暗い顔になって目を伏せる。

「おまえ、知らないんだな。おれもついさっきクラスのやつに教えられて初めて知った。柳達矢さん、亡くなったんだよ。一週間くらい前。すでに近親者のみで葬儀はすませているらしい」

待合室のすべてのざわめきがすっと引いた。何も聞こえなくなる。

「嘘だろ」

「病気だそうだ。昨年から治療を続けていて、回復は順調で、復帰も決まっていたらしい。でも今年の三月に再発し、合併症で亡くなった」

寒気が走り、胸の動悸が激しくなる。東京に出て、年の離れた弟を呼び寄せ、自分の稼ぎで高校に行かせたと話していた。警察官になり、事件現場で張り込みをしていたのに、弟の怪我を知り病院に駆けつけた。それがきっかけとなり退職したけれど、悔いのない口ぶりだった。たったひとりの、大事な肉親だったから。

それを失ったのか。

肩で息をしながら、磯村を見る。柳達矢によく似た顔立ちの若い男。なんとなくの親切心や退屈しのぎではなかったのかもしれない。弟に似ている男に気づき、ただ、声をかけたかったのではないか。「おい、どうした」と、かつて弟に話しかけたように。

哲人は磯村を連れて通路を引き返した。戻ってくるなと言われたが足が勝手に動く。別れてからまだ時間は経ってない。けれどさっきまで座っていたベンチに、柳浦の姿はなかった。

「捜すの手伝ってくれよ。顔はわかるだろ」

なぜどうしてといつもの理屈っぽさを発揮することなく磯村はうなずいた。手分けをしてベンチを隅々まで見て歩き、トイレや売店までチェックしたが柳浦はいない。奥のエレベーターから帰ってしまったのか。待合室では相変わらずバスのアナウンスがひっきりなしに流れていた。金沢行き、木更津《きさらづ》行き、盛岡《もりおか》行き。改札を始めます。出発の時間が迫っています。ご利用の方はお急ぎください。利用客がチケットを手に乗り場を探して右に左に行き交う。

そんな中、徳島・高知行きの便がアナウンスされる。電光掲示板を見れば、出発ゲートは屋外の一番奥だ。

そもそもなぜ柳浦はバスターミナルにいたのか。仕事だと言っていたが、哲人の見る限りそんな様子は感じなかった。これから本腰を入れると言っていたがほんとうだろうか。頭の中によぎるのは徳島のことを語っていた言葉。弟もよく覚えてて、今度一緒に帰ろうと話していたそうだ。何気なく聞いたけれど、「話していた」と、過去形になっていた。

「四国行きのバスがもうすぐ出る。行ってみよう」

磯村に声をかけ、共に自動扉の外に出た。たちまち冷たい夜風に包まれる。右手にはフェンス越しに新宿駅が見える。コンコースは白く輝くほどの明るさを放っている。改札口に向かう人、出て来る人、足早に動いている。立ち止まっているのは待ち合わせの人だろうか。

左手にあるのは何台ものバスを待機させたロータリーだ。天井の代わりに星空が広がっている。

通路を急ぎ、哲人たちは角を曲がった。そこに並んでいる大型バスの一台目、二台目、そして三台目。「徳島・高知」を掲げたバスが停まっていた。係員にチケットを見せている大柄な男性がいる。

「柳浦さん！」

声を張り上げると、ステップにかけていた足を下ろす。こちらを向いた。

駆け寄って、何か言おうとした。そのために走ってきたのだ。戻るなと言った人の元まで来たのだ。

でも何を話せばいいのだろう。時間はごくわずかだ。利用客はみんなバスに乗ったあとだ。係員は通路に向かい、「徳島・高知行き、間もなく出発です」と声を張り上げる。

「柳浦さん」

再び名前だけ口にした。彼は手にチケットを持っている。千円札の向こうに、汗水垂らす日々の労働があるように、チケットの向こうにも積み重ねた思いがあるのだろう。

「おれ、めげずにまた頑張ります」

柳浦は「なんだそりゃ」と笑った。

「まあいいか。元気でな」

「また会えますか、東京で」

少し間をあけて、柳浦は答えた。

「そうだな。朝うどん定食を食べて四国三郎を見たらな」

ふたりではなく、たったひとりでの帰省だ。つらい旅になるのだろう。何を見ても胸を掻《か》きむしりたくなるのかもしれない。慟哭《どうこく》が山肌も川面も震わせるのかもしれない。

それを思いながらも言葉をかける。

「気をつけて。美味しいうどんを食べてきてください」

柳浦はうなずき、哲人の斜め後ろに顔を向けて目を細めた。口元が動いたが声にはならない。手にしたチケットが震える。ぎょろりとした双眸が潤む。

係員からそろそろ出ますよと言われた。柳浦は再びステップに足をかけた。

「名刺のアドレスにメールしますね」

袖口で目元を拭い車内に入っていく。

「返事、待ってます」

チケットがひらひらと翻った。ドアが閉まる。バスの窓には遮光ガラスがはまっているので中は見えない。やがてエンジンがかかり、バスはゆっくりと動き始める。ロータリーをまわり、建物内の坂道を下りて一般道に出る。

洟《はな》をすする音が聞こえたので振り向くと、磯村が泣いていた。詳しい事情を話してないけれど、察するものがあったのだろう。ティッシュを差し出すと受け取る。

さっきのゲートにはもう次のバスが停まっていた。金沢行きだそうだ。

自分の行き先はどこだろう。探すための道が目の前に延びている。

3

犬と猫と鹿

1

学校から帰ってくると、自宅の前に人影があった。細い路地に面して小さな家やアパートが密集している古い住宅街だ。

絵美《えみ》の家も、路地から玄関まで二メートル足らず。角を曲がったとたん、ドアが開いていることまでわかった。母は週に四日ほどパートに出ているが、仕事のない日なので家にいたのだろう。

人影はふたつで男性らしい。日が差すと汗ばむほどの陽気なのに、どちらも黒っぽいジャケットを羽織っている。リフォーム会社のセールスマンか。新聞の勧誘か。

これまでの経験を踏まえて絵美は思い浮かべたが、その手の人間ならば母はドアを開けない。だったらなんだろう。近所に引っ越してきた人の挨拶とか、新しくできたお店がクーポン券を配っているとか。

た。想像をめぐらせながら歩いて行くと、気配に気づいたのかひとりがこちらを向いハッとした表情になり、制服姿の絵美を上から下まで眺めまわす。玄関に半身だけ入っていたもうひとりを小突き、そちらも絵美を見るなり「おお」と声を発した。わざわざ路地まで出てくる。
「お帰りなさい。那須田《なすだ》絵美さんですね」
フルネームで呼ばれてとまどう。知らない人たちだ。ひとりは若く、角刈りの頭に
がっちりとした体格をしている。もう一人は中年のおじさんで痩せている。閉じてし
まった玄関ドアが再び開き、飼い犬を抱えた母が顔をのぞかせた。手招きをされて、
絵美はふたりの間をすり抜け駆け寄った。
「お母さん、この人たち……」
「ちゃんとご挨拶なさい。警察の人なんですって」
予想の斜め上で一回転したような言葉だ。飼い犬のパグ、マルコは絵美に抱っこを
せがむ。頭を撫《な》でる余裕はない。
「警察が？　なんで」
「絵美に聞きたいことがあるんですって。よかったわ。早く帰ってきてくれて。待た
せてもらうと言われてたの」
「どうして。私、何もしてないよ」

「お母さんにもわからない。たった今、いらしたとこなの」

恐る恐る振り向くと、男たちは微笑みらしきものを浮かべていた。数ヵ月前にやってきたシロアリ駆除の業者と雰囲気が似ている。でも警察ならばいかがわしい人たちを取り締まる側のはず。

「ご心配なく。いくつかうかがいたいことがあるんです。ここでもよろしいのですが、道端というのもなんですし、ご迷惑でなければ話は玄関の中ででも」

提案されて絵美と母は目を合わせた。近所には噂話の好きな人がいて、シロアリ業者に見積もりされたときも大げさに吹聴され閉口した。警察の訪問も格好のネタになりかねない。

母も同じことを考えたらしい。すぐに引っ込んでマルコをサークルにしまいに行った。三和土《たたき》は狭いので、絵美は靴を脱いで素早く玄関マットの上に立つ。戻ってきた母がスリッパを用意しながら声をかけた。

「ちらかっておりますけれど、どうぞ」

「お気遣いなく。こちらで十分です。お嬢さんに見てもらいたいものがあるのでよろしいでしょうか」

男性ふたりは玄関におさまるなり後ろ手にドアを閉めた。若い男の方がジャケットの内側に手を入れ、薄いビニール袋を取り出す。透明な袋の中に、小分けにした袋がいくつも入っているようだ。

そのうちのひとつを差し出され、絵美は目を剝《む》いた。

「見覚えがありますか？」

ビニール越しに見えるのは四つ葉のクローバーがあしらわれた四角い封筒だ。ひっくり返すと封の部分にクローバーの形をした緑色のシールが貼ってある。絵美の返事を待たずに、男は別の袋を取り出した。買ったままのお守りが入っている。

「これはなんですか」

横から母が尋ね、男が答える。

「奈良にある春日大社《かすがたいしゃ》のお守りです」

「ああ。真ん中にあるのは鹿かしら」

その通りだ。オレンジ色の袋に緑色の山と白い鹿があしらわれている。「白鹿守《しろしかまもり》」と言い、幸運をもたらしてくれるそうだ。白い鹿は神さまのお使いとも聞いた。

「もうひとつ、これも見てください」

最後に出てきたのは写真。これまたビニール越しなので少し見にくいが、マルコを抱っこした自分が写っている。場所はすぐそこの玄関前だ。

「あなたですね」

「はい」

「となりにいらっしゃるのは？」

言葉に詰まる絵美に代わって母が答えた。

「市村《いちむら》さんというご近所の方です。うちのおばあちゃんと奥さんが仲が良くて。もう、どちらも亡くなっているんですけどね。旦那さんの市村さんはお元気です。このときはたしか、タケノコのお裾分けを持ってきてくださったんです。ちょうど絵美とうちのパグがお散歩に行こうと表にいたので、一緒に写真を撮りました。市村さん、マルコが大のお気に入りなんです。それでプリントアウトして差し上げることに。ねえ、絵美」

「うん」

「でも、どうしてこれが警察に？」

もっともな疑問を母は口にする。

「いろいろいきさつがありまして。まずはいくつか確認させてください。これらの品々は絵美さんのものでまちがいないですか。封筒に入っていたのは写真とお守りだけでした？　他にも何か入っていましたか」

絵美は首を縦に振ったあと横に振った。

「中身はこれだけです。でもどうして警察の人が」

「ちょっと意外なところで見つかりまして。絵美さんはこの封筒をいつまでご自分で持っていましたか。場所や日時を知りたいんです」

「意外なところってどこですか」

「今ここでは申し上げられないんです。すみません」

言葉遣いは丁寧で表情も穏やかだが、そこはかとなく威圧感があって食い下がれない。

そんな絵美とは裏腹に母は逞《たくま》しい。

「封筒なら、市村さんに渡したはずです。春日大社のお守りも市村さんのために買ってきたのよね。さっきも言った通りタケノコをいただいたので、お礼がわりに修学旅行のお土産でも買ってきたらと親子で話したんですよ。この子、つい一昨日まで関西方面に修学旅行だったもので」

「待って。市村さんにはまだ渡してないの」

「どうして」

「渡そうとは思ってたんだけど」

母の眉がぴくりと動く。

「もしかしてどこかでなくしたの？　そうなのね。どうして早く言わないの。まったくもう。あれもこれも持っていくから荷物が増えるのよ。出したり入れたりしてるうちに落としたんでしょ。まさか今初めてないことに気づいたとか？　ちょっとしっかりしてよ」

「お母さん、あのですね」

「どこかで拾ってくださった方がいたんですね。それで警察に？」

「まあ、大ざっぱに言うとそんな感じですけれど」

男はさらりと流してから絵美の顔をのぞき込む。

「この封筒は誰かに渡しましたか。それともどこかで紛失しましたか。もしくは置き忘れましたか。なるべく正確に時間や場所を聞かせてほしいんです」

「京都までは持っていました」

「自宅から封筒と写真を持って、修学旅行に出かけたんですね」

「はい。奈良でお守りを買い、写真と一緒に封筒に入れ、京都までは鞄の中にあったんですけど、帰ってきたらどこにもなくて」

「なくなったことに気づいたのはいつですか」

「よく覚えていません」

肩をすぼめて下を向くと、母がにわかに優しく背中に手を添えた。

「いきなりのことで、この子もびっくりしてるんだと思います。見ての通りふつうの封筒とお守りですし。まさか警察の方が来るなんて。もしかして拾われたのではなく、事件現場に落ちてたんですか」

た。中年の男が「いえいえ」と宥めるように手を振り、若い男がメモ用紙を差し出した。母にではなく絵美にだったので黙って受け取る。

「何か思い出したら連絡をください。どんな些細なことでもかまいません」

そこには電話番号と肩書きや名前が記されていた。中野署の刑事課に所属している刑事らしい。交番のおまわりさんではなく私服の捜査官。絵美にとって漫画やドラマの中でしか見たことがない特別な人だ。ほんの少しだけ好奇心がわいて声が出た。

「私の買ったこのお守り、どうなっちゃうんですか」

「しばらく預からせてください」

親からもらった小遣いとはいえ惜しいけれど、嫌とも言えない。

「そういえば封筒には住所も名前も書いてませんよね。どうして私のことがわかったんですか」

男は上着の内ポケットにしまいかけていた写真を、もう一度取り出して見せてくれた。

「すみっこに電信柱が写り込んでました。そこに住所が書いてあったので、たどり着くことができたんですよ」

指を差されて、ぼやけた背景に目を凝らす。

「すごい。こんなのでわかるなんて」

「仕事ですから」

四角い顔に丸い鼻、一重まぶたの細い目。お世辞にもスマートな風貌とは言いがたいが、セリフはかっこいい。絵美の素直な驚きに、若い刑事は教育実習に来た先生のように微笑んだ。

2

刑事たちが引き揚げてから、絵美は二階の自室でジーパンやTシャツに着替え、玄関先でのやりとりをもっとよく考えたかったが下から母に呼ばれた。無視すると部屋に入ってくるだけなので一階に下りて洗面所で手を洗う。

その間も本物の刑事顔負けの取り調べが始まる。封筒をなくしたことに、ほんとうはいつ気づいたのか。なぜ黙っていたのか。お守りはいくらしたのか。鹿の他にどんな種類があったのか。カツ丼ならぬクリームパンを食べさせてもらったが、知らないわからないを繰り返すだけなので母の機嫌はよくならず、追加のおやつは期待できそうもない。絵美としても早くひとりになりたかった。

そんなときに役に立つのがマルコだ。いつでもどこにでも快く付き合ってくれる。リードを手に声をかけ、絵美は散歩に出ることにした。

刑事たちが目を付けた電柱には「中野区 坂井二丁目」と住所表示板がくくりつけられている。最寄り駅は西武新宿線の沼袋《ぬまぶくろ》駅だ。そこから北に向かって自宅までは徒歩十分。もとは父の実家で、祖父が亡くなった後、祖母がひとりで暮らしていた。絵美が小学校に上がる頃、そろそろ持ち家をという話になり、ひとりっ子の父がいずれ自分のものになるのだからと実家のリフォームを提案した。

狭い敷地《しきち》に建っているので、手を入れたところで各自の個室も共用スペースも窮屈だが、沼袋駅から高田馬場《たかだのばば》駅まではたったの四駅、時間にして十分足らず。利便性は申し分ない。祖母と母も賛成し、二階部分を増築して七年前から同居が始まった。大きな揉め事もなく、社交的な祖母は習い事だの発表会だのと元気にしていたのに四年前、脳溢血《のういっけつ》で急死した。

絵美は女の子の孫として可愛がってもらったので、今でも仏壇に手を合わせることを欠かさない。修学旅行先でお守りを選ぶときも、おばあちゃんの分まで買いたくなったものだ。

その祖母が親しくしていたのが市村さんのところのおばあさん。ふたりは同年代だった。市村さんのおばあさんは絵美が引っ越してきて間もなくの時期に他界し、祖母が嘆いていたのをよく覚えている。あとに残されたのはおじいさんひとりで、おばあさんから頼まれていたこともあり、絵美の家族とは交流が続いている。タケノコのお裾分けを持ってきてくれたのもそのひとつだ。

マルコとの写真撮影も喜んでくれたので、印刷して渡すと約束した。母と相談してお守りも買った。市村さんの笑顔を想像して自分も楽しみにしていたのに、すっかり宙に浮いてしまった。

散歩の途中、絵美は公園に立ち寄りベンチに腰かけた。住宅街の間にぽつんと設けられた小さな公園で、遊具も鉄棒とブランコがあるだけだ。そのブランコを揺らしている姉妹らしき女の子ふたりがいたけれど、いつのまにかいなくなってしまった。万事マイペースなマルコはリードを伸ばし草むらでくんくん匂いを嗅いでいる。

絵美の脳裏には先ほどの電柱がくり返しよぎった。あれに気づくくらいだから、封筒と写真を旅先に持っていったことにも違和感を抱いているのではないか。近所のおじいさんに手渡すつもりなら、帰ってきてからお守りを封筒に入れればいい。ましてシールまで貼ってあるのだ。

もちろんわざわざ持っていったのには理由がある。

それを刑事には言わなかった。突然の出来事に驚いたのはほんとうだ。話していいのかを迷い、口ごもった。正直に答えず「覚えてない」としたのも、嘘になるだろうか。

不安にかられているとトートバッグの中でスマホが振動した。何かと思ったらクラスメイトの希和子《きわこ》からだ。「もしもし」と電話に出る。

「ああよかった。エミ、今どこにいる？」

「マルコの散歩で公園。キワちゃんは？」

「まだ学校なの。打ち合わせがあって残っていたんだけど、そこに呼び出しがあって、刑事さんと話をしてきたんだよ。学校に警察の人が来たの。格闘家みたいにがっちりした人と痩せたおじさんのふたり」

あのコンビだ。絵美の家を辞したあと、中学校に向かったらしい。彼らは本気で調べている。

「刑事さん、キワちゃんのところに行ったの？」

「最初は先生だったと思うよ。私は先生に呼ばれたの」

どうして希和子なのだろう。たまたま学校にいるのがわかったからか。それとも自分と同じ班だったからか。修学旅行では男女合わせて六、七人のグループが作られ、二日目の京都は主に班行動がとられた。

「どういうことを聞かれた？」

「修学旅行の間、班の人たちとずっと一緒だったかとか、旅館で誰かと面会してる人はいなかったかとか、夜寝るとき、途中でいなくなった人はいなかったかとか。急に聞かれてもわからないよね。困っちゃった」

刑事たちは絵美の話を鵜《う》呑《の》みにしていない。旅先で近くにいた人からも情報を集めている。怪しい行動を取っていないか、確かめているのだ。

すでに嘘を見抜いているのかもしれない。

「おーい。もしもし。どうしたのエミ」

「私のこと、何か聞かれた？」

「ああ。それはね。那須田絵美さんとお友だちなんですか。最近、絵美さんに変わったことはありませんでしたかって。エミ、なんかあった？　私はないと答えたよ」

ありがたくて心の中で手を合わせる。希和子は利発で行動的で中一のときから生徒会の役員を務めている。服装についての意味のない校則を変えたかったそうで、靴下や手袋などじっさいに緩和されたものもある。しっかり者で強く自分を持っているところは長所だが、誤解を受けやすく孤立しがちだ。絵美とは中二中三と同じクラスで、美術の時間にモザイク画を共同制作して以来、仲がいい。

「キワちゃん、刑事さんからクローバーの封筒を見せられなかった？　奈良で買った春日大社のお守りも」

「ううん。あれがどうかしたの？」

マルコが飽きてきたらしく鼻を鳴らしてまとわりつく。

「刑事さん、学校に行く前にうちに来たの。どこなのかは教えてくれないんだけど、私のあの封筒を見つけたみたいで、ビニール袋に入れたのを差し出されたんだ。あなたのですかって。そうだからうなずいたんだけどね」

「ビニール袋？　指紋が付かないように？　まるで証拠の品だね」

「そうか。それだよ」

「でもクローバーの封筒なら、市村くんに渡したでしょ？」

「うん。京都で。刑事さんには言いそびれたけど」

リードを引っぱられ立ち上がる。マルコは公園を出るつもりだ。電話をしながら歩くのは危ないので、希和子にはかけ直すと言って通話を切った。


公園を出て路地に入り、新しく建ったばかりのマンションの前を通り、空き地の草むらに寄り、細い川を渡り、小学校に近付いた。絵美の通っていた母校だ。卒業して区立坂井中学校に進学し、三年生になったこの五月、二泊三日の修学旅行に出かけた。

一日目は朝の七時に学校に集合し、最寄り駅である沼袋駅から電車に乗り、ＪＲの新宿駅を経由して東京駅に出た。新幹線では座席が決まっていたのでみんな着席し、ようやく飲み物を飲んだり栞《しおり》を開いたり。

心配していたお天気も回復し、下車駅である新大阪駅には青空が広がっていた。そこから大型バスに乗って奈良に向かい、昼食をとったあとに観光が始まる。東大寺や奈良公園、春日大社。クラスごとの記念写真も撮り、一日目の宿は奈良市内の旅館だった。

二日目は京都に向けて出発。到着後は班に分かれ、それぞれが計画したコースを巡った。絵美の班は女子と男子が三名ずつ、計六人。龍安寺《りょうあんじ》や金閣寺を見学した後、四《し》条河原町《じょうかわらまち》に出て知恩院を訪れた。

京都駅近くの旅館には厳命されていた十六時ぎりぎりに戻った。先生に報告して、部屋で荷物を片づけてから風呂に入り、十八時半から大広間で夕食。絵美はこの夕食に向かう途中の廊下でクローバーの封筒を男子に渡した。

同じクラスの市村崇史《たかふみ》だ。タケノコのお裾分けをくれた市村さんの孫にあたる。

彼は両親の離婚後、母親に引き取られ、小学六年生まで千葉市に住んでいたという。中学進学を機に母方の祖父の家にやってきた。母の海外勤務が決まり、その仕事は出張が多いことから、海外で留守番もさせられず実家を頼ることにしたと聞く。

「下宿人をひとり置くようなものですよ。いきなりよその国で暮らすことを思えば、古屋だろうがじいさんとの同居だろうが、マシだと孫も考えたらしい。なんでも手伝うと言うので期待せずやってみます」

市村さんはそんなふうに話していた。ひとりっ子で兄弟はおらず、これまでも多忙な母に代わり家のことをやっていたそうだ。絵美の母はしきりに「えらいわねえ」と感心し、仲良くしてあげなさいと幼稚園児に言うようなことを絵美に命じた。女同士ならともかく男子相手にそれはむずかしい。

遠くから様子を見ていると、当の崇史は入学早々バスケ部に勧誘され、逡巡したようだが仮入部のあと正式に入部した。練習も規律もゆるい弱小部だが、性に合ったのか三年の今に至るまで続けている。友だちとふざけて笑っているのを何度か見かけた。

絵美とは中一のとき同じクラスで、二年で別れ、三年でまた一緒になった。二年生のときに一度だけ、おじいちゃんとのふたり暮らしについて尋ねた。彼は照れ笑いのようなものを浮かべ、母親より口うるさくないからいいと言った。ただひとつだけ、どうしても我慢できないことがあると。

飼い猫のシロだ。まったく懐かず、一緒に暮らしてしばらく経つのに触ることもできない。近くに座っただけで引っかかれ、悪意のこもった目で威嚇される。祖父が留守のときは餌をやるのに、それすら毛を逆立《さかだ》て怒る。おまえの用意するものなどひとつも口にしないと言いたげに鳴くのに、結局みんな食べる。足りない、もっとよこせと怒る。ほんとうにかわいげがない。

話を聞いて絵美は笑ってしまった。一番大きな不満が猫の態度ならば平和ではないか。

三年になってまた同じクラスになったが、たまに挨拶を交わす程度で、猫との関係は聞いていない。今回の旅行もちがう班になった。かといって崇史には付き合っている女の子もいないようなので、気を遣う必要もなく奈良でお守りの話をした。市村さんへのタケノコのお礼なので、帰ったら渡してほしいと言い、京都の旅館の廊下で封筒を預けた。

なぜあれを警察が持っているのだろう。

絵美はマルコのリードを引きながら小学校から離れ、路地を歩いた。バスケ部は金曜日によくミーティングを開いている。そのあと練習する日もあれば帰宅する日もある。後者ならばそろそろ帰ってくる時間だ。

通学路の途中にはバスケのゴールを設置した公園があり、夜になると高校生や大学生に占領されてしまうが夕方は中学生でも使える。もしかしてと当たりを付けて行ってみると、ボールの音と共に賑《にぎ》やかな声が聞こえてきた。

近付いて目を凝らすとバスケ部の男子だ。奥のゴールは年齢層の高い人たちが使っているが、手前は中学生たちが順番にスリーポイントシュートを放っていた。ごくたまにゴールネットが揺れ、歓声が沸き起こっている。

その中に崇史の姿もあった。楽しそうにしているので気が引けたが、刑事ふたりを思うと遠慮もしていられない。コートのそばに立ち、ボール拾いに行った崇史に手を振った。「おれか？」という顔をされたので、うなずいて手招きする。崇史は他の男子にボールを投げ渡し、絵美のもとまでやってきた。

「ごめんね。せっかく遊んでいるのに」

「何か用？」

コートから離れ、公園を囲む樹木の陰まで移動した。ずっと付き合ってくれていたマルコが道路に出たがるので抱き上げた。

「用っていうか、聞きたいことがあったの。京都の旅館で渡した封筒、あれ、どうなってる？」

シャツの袖で額の汗を拭っていた崇史が、中途半端に腕を上げた形で固まる。ちらりと絵美を見て、引きつった顔になる。

「あれか」

「そうあれ」

腕を下ろし、顔の前で手を合わせた。

「ごめん。じいちゃんにまだ渡してないんだ。渡したくても渡せないというか」

「わかるように言って」

「ほんとうにごめん。なくしちゃったんだよ。どこかでじいちゃんに会った？　だよな。何も言わなかったと思うけど、写真やお守りが渡せてないからなんだ。じいちゃん何も知らなくて」

市村さんには会ってないので誤解だが、それは横に置いて絵美は詰め寄った。

「封筒、いつどこでなくしたの？」

「それが、えっと、家に帰って鞄の中から出そうとしたらなくって」

崇史は叱られた子どものように肩をすぼめる。いつの間にか身長が伸び、絵美より頭ひとつ分は背が高い。痩せ型ではあるが肩幅があって引き締まった顔立ちをしているので大人びて見えるけれど、情けない顔でうなだれると年下みたいだ。

「家に着くまでなくしたことに気づかなかったの？」

「うん」

「心当たりはないの？」

「ほんとごめん」

「預かり物なんだから、ちゃんと鞄の底の方にしまってくれればよかったのに。チャックを開けてぺろっと突っ込んだだけなんじゃないの？　そんなんだから知らないうちに落とすのよ」

「帰ったらもう一度探す。あっちのバッグかと思ったけど、こっちのバッグってのもあるし、上着のポケットやズボンのポケットかもしれない。もっとよく探してみる」

そうよ、頑張ってと、もう少しで言うところだった。背中のひとつも叩《たた》いてやりたかったが、どんなに探しても出てくるはずがない。封筒も写真もお守りも今は透明なビニール袋の中にある。

「誰かに渡したってことはない？」

「渡す？」

「崇史くんだって、誰かにお土産をあげようとして、たまたまそこに私の封筒が入ってしまったとか。そういうのもあるかなと思って」

マルコが身じろぎしたので落としそうになり、崇史が手を差し伸べて受け取ってくれた。ずっしり重たくなっていたマルコから解放されて絵美は息をつく。

刑事ふたりについ隠し事をしてしまったのは、修学旅行三日目の朝、崇史が旅館にいなかったからだ。朝食会場に姿がなく体調でも悪いのかと思ったら、同じ班の男子が教えてくれた。離ればなれに暮らす父親に久しぶりに会っているらしいと。

正式に別行動の許可を取ったのではなく誰にも内緒だったので、朝起きて崇史がいないことに気づいた友だちがスマホでメッセージを送った。その返事がきて事情がわかったそうだ。騒ぎになっては困ると思ったのか崇史は先生にも連絡し、結局午前中の訪問先である東映太秦《うずまさ》映画村で合流した。先生には厳重注意を受けただろうが、みんなの前で叱られたわけでなく、多くの人が気づかなかっただろう。

絵美が母から聞いたところによれば、崇史の父はすでに再婚し新しい家庭を築いているらしい。その家庭とはもしかしたら関西にあるのかもしれない。父親に会いたい気持ちが崇史にあったのか、迷いもあったのか、会えるかどうかはっきりしなかったのか。聞いてないので本音はわからないが、デリケートな問題であることは中学生にも考えられる。そっとしておくに限る。

なので何事もなかったように旅行を続け、帰宅後もふつうに接し、ほとんど忘れかけていた。刑事とのやりとりのさい、にわかに思い出して崇史の名前を出すのをためらったのも、その一件があったからだ。

おそらく関係はないだろうが。

「おれ別に、誰にも土産を渡してないけど」

「そうなんだ」

「あ、じいちゃんには宇治茶のカステラを買ってきたよ。あれを絵美ちゃんからにしとけばよかったか。うわあ、しくった」

マルコを抱っこしながら天を仰ぐ。学校では苗字を呼び合うが、ご近所付き合い的には「絵美ちゃん」「崇史くん」の間柄だ。勝手に持ってしまった遠慮や距離感が薄れ、絵美は笑いかけた。

「そんなのはいいよ。崇史くんのお土産はすごく嬉しかったと思うよ。あげなきゃダメだよ」

「でもお守りも喜ぶよ」

心配しなくてもいい。在処《ありか》はわかっている。問題が解決すれば返ってくるのだ。そのあたりの話をしようとしたとき、「イッチー」と野太い声がかかった。バスケ部の子が駆け寄ってくる。

「そろそろ行くよ。おまえ、山本《やまもと》んとこどうするの？」

崇史は「ああ」と中途半端な声をあげ、抱えているマルコに視線を落とした。絵美は両手でそれを受け取り地面に下ろした。山本というのもバスケ部の子で、家が弁当屋をやっている。寄り道して余り物のおかずをもらうのが彼らの常だ。横入りして崇史を連れ去ると、なんの用事だとうるさく言われかねない。

「いいよ、行って」

「うん。帰ったらもう一度探してみるよ。みつかったら報告する」

「みつからなくても連絡くれる？　もうちょっと話があるんだ。いつでもいいから」

崇史は首を傾《かし》げつつもうなずいた。バスケットゴールは派手なジャージを着た男の子たちに譲られていた。高校生だろうか。笑い声も奇声も一段と大きくなり、よく見ると女の子たちも交じっている。

絵美はマルコに「帰ろうね」と声をかけ、リードを手に公園から離れた。

3

家に着きマルコの足を洗い水をやっていると、母がやたらそわそわして背中にへばりついてきた。

「さっきね、区のお知らせを持って四丁目の赤石《あかいし》さんのところに行ってきたのよ」

「お知らせ？」

「今年は町内会の役員だって言ったでしょ。区が出しているお知らせをお当番さんのところに持っていくのも仕事なのよ」

絵美は冷蔵庫から自分のペットボトルを取り出して喉を潤した。

「お母さんが大変なときはあなたも手伝ってね」

うなずく代わりにもう一口、よく冷えたレモンティーを飲む。

「それでね、赤石さんが気味の悪いことを言うの。さっきうちに警察も来たじゃない。なんだか急に物騒な気がしてきて。絵美、しばらく塾の帰りにはお母さんやお父さんが迎えに行った方がいいかもしれない」

「ちょっと待って。気味の悪いことって何？」

母は眉根を寄せ、もったいぶってから言った。

「ついこの前、誰もいないはずのとなりの家に灯りがついて、中から猫の鳴き声が聞こえたんだって」

「赤石さんちのとなりって？」

「市村さんよ」

崇史の顔がよぎる。市村さんちは向かって左隣が小さなアパート。近々建て直される予定ですでに幌《ほろ》がかかっている。右隣は二階建ての一軒家で、高齢の夫婦が住んでいる。市村さんの家にお使いを頼まれたとき、落ち葉掃除をしているおばあさんを見かけたことがある。あれが赤石さんだろう。

「三日前になるのかしら。市村さん、ウォーキング会の人たちと一泊旅行に出かけたそうなの。その日はちょうど中学校の修学旅行で、崇史くんもいない。一晩だけだけど留守にしますと言われ、赤石さんは『いってらっしゃい』と見送ったのよ。そしたら翌朝早くに、市村さんちの居間に電気がついていて、猫がニャアニャア鳴いているのが聞こえたんだって」

「予定が変わって、泊まらず帰ってきたんじゃない？」

「市村さんは夕方、お仲間の車に乗って帰ってきたそうよ」

絵美は路地から見える二軒の家を思い浮かべて首をひねった。市村さんは出かけるとき、雨戸を閉めていったのではないか。となりの家から灯りは見えるだろうか。母に言うと、昼間も雨戸を閉めていては空き巣に狙われかえって不用心だという。市村さんもそう考え、カーテンだけを閉めていった。

「電気を消し忘れていったとか」

「夜の間は消えていたらしい。赤石さんの奥さんが朝気づいて、旦那さんにも見てもらおうと引っぱってきたら、そのときはもう消えていた。赤石さんちの洗面所の窓を開けると市村さんちの居間の窓が見えるそうなの」

「見まちがえではなくほんとうについていたとしたら、気味が悪いかもね。タイマーでつく電気じゃないよね」スマホアプリで遠隔操作とか」

「まさか。それなら市村さんだって言うわよ。赤石さんは帰宅した市村さんに事の次第を話して、誰かが家に入った形跡はないか、不審な点はないか、よく見るように言ったらしい。でも変わったことはなかった」

「猫も無事で？」

母はうなずく。

「どこに行ってたんだと恨みがましく鳴いたくらい。猫がしゃべれたなら何があったのかわかるのにね。ニャアニャアだけじゃ」

猫よりましを目指して絵美は「もしかしたら」をあげてみた。海外にいるという市村さんの娘が帰国して立ち寄ったのかもしれない。出かけるとき鍵をかけ忘れ、たまたま訪れた友だちが入ってしまったのかもしれない。照明器具のどこかが壊れていて勝手に点灯したのかもしれない。猫がスイッチを操作できたのかもしれない。

どれももっともらしいが、これらの理由なら種明かしも早いはず。ちなみに玄関の鍵はかかっていたという。

何をするにも手に付かず、久しぶりにマルコの写真を撮っていると高二の兄、健介《けんすけ》が帰宅した。

夕飯を作っていた母は兄を捕まえ赤石さんの話を始めた。家族全員に言わなくては気がすまないのかと半ばあきれたが、遠方の高校に通い、かつ部活の朝練に出ている兄はやたら朝早く家を出る日がある。

「たしか一昨日も朝練があったわね。このあたりで不審者を見なかった？」

さすがとしか言いようがない目の付け所だ。

「一昨日って水曜日か」

「明け方まで雨が降ってて、あんたが出る頃も雨雲のせいでどんより暗かった日よ」

このあたりは住宅が建て込んでいるので朝でも昼でも電気をつけがちだ。でも暗かったからこそ、赤石さんは隣家の灯りに気づいたのだろう。

「あの日なら崇史を見たけど」

「崇史って市村さんとこの？」

「うん」

「ちょっと、お母さんの話を聞いてた？　崇史くんも絵美も二泊三日の修学旅行に行ってた日よ」

「なら見まちがいだな。一瞬だったし」

兄は母の信用を大幅に下落させ、激しく睨まれたけれども少しも気にせず二階に上がっていった。いい加減であてにならない、朝練やったってちっとも勝てない、弁当をふたつ作るのは絶対に嫌と、母の呪詛の言葉は続き、とばっちりを受ける前に絵美はマルコから離れた。絶妙なタイミングでスマホに着信が入る。希和子だ。

母は「電話より手伝い」と叫んだが、すり抜けて階段を駆け上がった。

「もしもしキワちゃん、さっきはごめんね」

「こっちの充電も切れそうだったの。今は家？　私もさっき帰ってきたとこ」

自分の部屋に入り、ベッドに倒れ込む。

「家だよ。ベッドの上」

「よかった。話せるね。刑事さんが来た件なんだけど、お守りの入ったクローバーの封筒は市村くんに渡したよね」

絵美が「うん」と答えてからも、希和子はしばらく無言だった。息を詰めて反応を待っていると慎重に考え込むようにして言う。

「私、刑事さんの言葉が気になったんだ。二日目の夜の消灯時間にエミはいたか、とか、夜中、布団で寝ているのを見たか、とか、朝起きたとき部屋にいたか、とか、そういうのを聞くわけよ。でもエミはいた。私が明け方トイレに行くときも、ぜんぜん気づかず口を開けてグースカ寝てた」

寝付くまでは時間がかかったが、それからはみんなが起き出すまで一度も目が覚めなかったので何を言われても反論できない。

「それでね、ふと、エミではなく封筒を持っているはずの市村くんはどうだったのかと思ったのよ」

じっとしていられず絵美はベッドから起き上がった。スマホを持つ指に力が入る。

「男子で市村くんと同室といえば、コタロウがいるのよ」

希和子の幼稚園からの幼なじみだ。学校ではほとんど口も利かないが親同士は仲がいいそうで、夏休みに家族ぐるみでキャンプに行ったりするらしい。ぽっちゃりとした体型のおとなしい男子だ。

「さっそくコタロウに聞いてみたら……。驚かないでほしいんだけど。いや、やっぱり驚いてほしいんだけど、コタロウたちの部屋では消灯時間の九時半に布団を敷いたんだって。そこに見回りの先生がやってきて電気を消された。そこから騒ぐ子は騒ぎ、コタロウは部屋の隅で寝たふりを始めたんだけど、市村くんはストレッチしてくると言って部屋を出て行ったそうよ。トイレに行くくらいの雰囲気だったから誰も気にしなかった。でもそれきり、市村くんは戻って来なかった」

絵美は「は？」と聞き返した。

「どういうこと」

「コタロウはそう言うのよ。あいつ、気が小さいからなかなか寝付けなかったみたい。じっとしてるうちに同室の男子はだんだん静かになって、いつの間にかみんな寝てしまった。時計を見たら十一時半頃で、その時間になっても市村くんの布団は空っぽのまま。コタロウもときどきは寝たらしい。一時、四時と目が覚めて、そのたびに市村くんを捜したけどいない。ついに外が明るくなり、六時。みんなも起き出した。そこで初めて市村くんがいないことに気づき、山本くんだったっけな、あの子がスマホで連絡を取ったら、朝早く起きてこっそり出かけたと言われたんだって」

すぐには声が出なかった。深呼吸をくり返し、たどたどしく尋ねる。

「市村くん、ほんとうは一晩中ずっといなかったの？」

「コタロウの話からするとそうなるね」

他の子の部屋に潜り込んでいたのでは。絵美は真っ先に思った。でなければ建物内のどこかで、たとえばロビーのソファーなどでうたた寝していたのかもしれない。割り当てられた部屋にいなかったとしても、どこかで夜を過ごしていたはずだ。消えてなくなったわけじゃない。

「三日目の朝、市村くんは十時頃だっけ、太秦の映画村で合流したでしょ。コタロウくんはそのことについて何か言ってた？　市村くんに話しかけたりしたのかな」

「そういうことが苦手なんだよね。今の話も誰にもしてないらしい」

絵美は慎重に京都の旅館を思い出す。四階建てでワンフロアが広く、三階と四階が客室、二階に風呂や大広間があり、一階にロビーやその他の何かがあった。二泊三日のうち二泊目の宿で、朝起きると顔を洗い髪を整え朝食会場に向かった。広間にはひとり分ずつの朝ご飯が用意されていて、班ごとに着席した。

いつまでたっても空いている席があり、食べ終わる頃になって崇史の姿がどこにもないことに気づいた。あとになって父親に会いに行ったと聞かされ、ほろ苦い思いを味わった。ふだんは忘れているけれど、崇史は父とも母とも暮らしていない。

「もしかして朝じゃなく、夜のうちからお父さんに会いに行ったのかも」

絵美が言うと希和子は「そうだね」と相槌を打つ。希和子も崇史の事情を知っている。

「エミ、市村くんとはまだ話してないの？」

商品管理用にRFタグを利用しています
小さいお子さまなどの誤飲防止にご留意ください

006487D1400BB80000786CEB

RFタグは「家庭系一般廃棄物」の扱いとなります
廃棄方法は、お住まいの自治体の規則に従ってください TT

RFID

「夕方ちょっとだけ会った。でも他にも男子がいてあまり話せなくて。あとで電話するつもり」

「何かわかるといいね」

コタロウについてはずけずけしゃべる希和子だが、崇史に関しては引き気味だ。自分の知らない現実に揉まれてきたのだと思うと気後れすると言われた。考えなしに薄っぺらいことを口走ってしまう自分が想像できて嫌になるとも。

絵美はそこまで敏感になってはいない。ときどきしんみりするけれど、なんとかなるだろうと暢気《のんき》に構えていられる。崇史より市村さんとの付き合いが長いからかもしれない。

市村さんは信用金庫に勤め定年後も嘱託として働き、仕事を辞める頃、奥さんを病気で亡くした。しばらく元気がなかったけれど、町内会の役員やボランティア活動に参加しているうちに明るさを取り戻した、というのは母や祖母から聞いた話だ。それを知らなくても絵美にとって親しみの持てる近所のおじいさんだった。

単に優しいだけでなく、鷹揚《おうよう》で機知に富んでいる。町内会の餅つき大会でおばあさん同士の意見が対立し、みんなの前で口争いが始まったときも、まあまあと間に入り緊張感を和らげた。羽目を外した子どもが走りまわり大人たちからどやされたときには、地面に輪を描いて小石を投げる遊びを提案し、子どもたちをよそに連れて行った。手遊《てあそ》び歌も工作も得意だ。

あの市村さんならば孫ともうまくやっていけると思ったし、じっさい崇史は勉強も部活も自分のペースでこなしている。一年生のときより三年生の今の方が表情も豊かで成績は上位に食い込んでいる。

修学旅行でも明るい笑顔しか覚えていない。でも崇史は寝るべき布団を空っぽにし、ひとりでどこかに行っていたらしい。その「どこか」は、絵美の家を訪れた刑事ふたりに、きっと繋がっている。


母に呼ばれて一階に下りると、回鍋肉《ホイコーロー》やシューマイが大皿に盛りつけられ、卵スープは各自のカップに注がれていた。麦茶や箸を用意していると兄があくびをしながら現れた。半分眠っているような冴えない顔を見てひらめいたわけではないが、さっきの言葉を思い出す。

「お兄ちゃん、一昨日の朝、ほんとうに崇史くんみたいな人を見たの？」

「まあね。でも修学旅行だったんだろ」

「どんな服装だった？」

「黒っぽかったかな」

「向こうはお兄ちゃんには気づかなかった？」

「どうだろ。駅の方から来て、おれと出くわす前に脇道に曲がったから。走っているみたいな急ぎ足だったし」

絵美はできたての回鍋肉の匂いを嗅いでも空腹を刺激されず、窓の外に視線を向けた。日の翳《かげ》るのが遅くなっている時期だがさすがにもう真っ暗だった。

ほんの二日前の夜中、あるいは明け方、崇史は何をしていたのだろうか。

4

「昨日は言いそびれたけど、京都の旅館で崇史くんに渡した封筒、あれを持って昨日の夕方、うちに刑事さんが来たんだよ」

前日に座ったのと同じベンチに腰かけ、絵美は話を切り出した。

崇史とは電話ではなく顔を合わせて話がしたくて、土曜日の朝、鉄棒とブランコだけの公園に来てもらった。昨日はマルコがそばにいたけれど今日は留守番。かわりに崇史がとなりに座っている。

そして「刑事？」と寝ぼけ顔を一変させて驚いた。わかりやすいリアクションに満足し、玄関でのやりとりを話す。刑事たちはそのあと中学校にも訪れた。絵美について調べるために。聞くにつれ表情を改め、崇史は絞り出すような声でしきりに謝った。

「ぜんぜん知らなかった。ほんとうにごめん」

「あの封筒、誰かに渡したり、預けたりしていない？」

「してない。どこかで落としたんだ。その場所がたまたま警察の関わるところだったんだと思う。たぶん」

「どこかってどこ？　ほんとうのことを話して。京都の旅館に泊まった日の夜、崇史くんは部屋の布団で寝てないよね。ストレッチすると言って出て行ったきり一晩中、戻ってこなかった」

絵美はお腹《なか》に力を入れ、崇史の目をまっすぐ見た。

「翌日の朝、崇史くんがいないことにみんなも気づき、山本くんかな、武田《たけだ》くんかな、連絡を取ったんでしょ。お父さんに会ってると言ったそうだけど、それほんと？　ほんとなら、どこで会っていたの？　京都なの？　京都ではない場所なの？　ちゃんと答えて。水曜日の朝六時半頃、崇史くんはどこにいたの」

言いながら気持ちが揺れる。問い詰めるようなまねをしたくない。でも、はぐらかさないでほしい。

「もしかしたら答えたくないのかもしれないけど」

「水曜日の朝の六時半か。ずいぶん具体的だ」

「その時間におうちの灯りをつけたでしょ」

カマをかけると、つぶやきのようなひと言が返ってきた。

「見られていたのか」

絵美は震えてしまいそうになるのをこらえた。動揺を悟られたくない。いたずらに騒ぎたくない。昨日からずっと可能性として考えていたことだ。何があったのか知りたいなら、ここで縮こまってはいられない。

膝に置いたトートバッグからメモ用紙を取り出す。自分なりに昨夜、検討したのだ。

崇史にも見えるように紙を広げた。


旅館の消灯時間、二十一時三十分。

京都駅から新宿に向かうバス、二十二時十分発。

バスクル新宿到着、翌五時五十分。

JR新宿駅、六時二分発。

高田馬場駅、六時十一分発。

沼袋駅到着、六時十八分。

市村宅に電気がついた時間、六時三十分頃。

東京駅から京都駅に向かう新幹線、七時三十分発。

京都駅到着、九時四十四分。

太秦映画村で合流、十時過ぎ。


「京都からの夜行バスに間に合えば、可能性としてありえる」

「こんなの調べたんだ」

「最初はぜんぜん無理と思ったんだけど。交通費はかなりかかるね。特に戻りの新幹線代」

「お年玉とかの貯金があればなんとかなる額だ」

「朝ご飯に間に合わず、先生に怒られるよ」

「別れて暮らす父親に会いたかったと言えば、大目に見てもらえる。そこまで計算したんだ」

急に泣きそうになった。自分は崇史の秘密を暴《あば》きたいわけではない。不正を咎《とが》めたいわけでもない。でも、だったら何がしたかったのだろう。

「灯りを見たのは赤石さんか。となりだもんな。健介くんも何か言ってなかった？ ニアミスしたかもしれないんだ」

「気づいてたの？」

うなずかれ、絵美はいっそういたたまれなくなった。

「どうしてわざわざ家に戻ったの。忘れ物でもしたの？」

「猫を処分したかったんだ」

虚を衝《つ》かれる。何を想像してたのでもないけれど、まちがいなく思いもよらない言葉だ。

「あの白猫？」

「そう。目障りの邪魔者」

「本気で言ってるの？ いくら懐かないからって」

「じいちゃんは可愛がっているから、おれがやったとは思われたくない。マジで怒ったら追い出されかねないもんな。それで手が出せなかったんだけど、修学旅行の間にじいちゃんも泊まりがけで出かけると知った。おれが関西にいる日なら、猫がいなくなっても疑われずにすむ」

絵美の全身から力が抜ける。座っていなかったら膝からくずおれていただろう。

「そんなことのために、旅館を抜け出してバスに乗ったの」

崇史はうなずく。傷口のかさぶたを無理やり剝がしたように痛そうな顔をする。

「このメモのままだ。事前に調べ綿密に組み立て、やろうと思えばできるとわかって決行することにした。やらなきゃダメだと自分に言い聞かせて、やった」

「猫の処分を？」

絵美の膝のとなりで、日に焼けた拳が固く握られる。

「じいちゃん、猫アレルギーなんだ」

思い詰めた顔で言われた。それがなんであるのか理解するのに時間がかかる。アレルギーは知っている。猫も知っている。そのふたつが合わさるとなんになるのか。

「前からその気はあったけど去年からひどくなった。湿疹ができて身体のあちこちが痒《かゆ》くなる。咳が止まらなくなって呼吸困難に陥《おちい》ったこともある。医者にも言われて本人もわかっているんだ。でも、大丈夫の一点張り。猫は他の人に懐かない分、じいちゃんにべったりですぐ膝に乗る。夜も一緒の布団で寝ようとする。冗談じゃないよ。おれが離そうとすると引っ掻いて抵抗する。じいちゃんはまあまあと仲裁する雰囲気だ。猫を近づけてはダメだと強く言っても、ウマが合わずに怒っているだけと思われる」

おろおろと絵美は言葉をかける。

「誰かに相談すれば？　崇史くんのお母さん、市村さんの娘さんだよね」

「言ったよ。でも間近で見てないから軽く考える。じいちゃんに注意をして、おれには猫と仲良くしなさいって。そういう問題じゃないよ」

崇史の憤りと口惜《くや》しさが横殴りの雨のようにぶつかってくる。

あの夜、崇史は決行に踏み切った。最低限の荷物をデイパックに入れ、靴やパーカーと共に旅館のトイレに隠した。あらかじめ非常階段や出入り口を確認した後、部屋の布団に横たわった。消灯時間や先生の見回りが遅れれば夜行バスに間に合わない。廊下や玄関で誰かに捕まれば駅までも行けない。最初から成功率の低い計画だったのだ。

ところが先生の見回りは早く、旅館からも抜け出せた。京都駅では予定していたバスのチケットが買えて乗車できた。

アクシデントがなかったわけではない。出発間際になって、ペットボトルの水を買い忘れたことに気づいた。酔い止めの薬を飲むために必要な水だ。鞄の中を引っかき回していたので、となりの席の男性にどうしたのかと聞かれた。水のことを話す。その間にもバスのドアは閉まり、エンジンがかかる。今降りたら、このバスには乗れないだろう。チケットも無駄になるかもしれない。それでも薬を飲みたかった。諦めて腰を浮かすと、となりの男性が未開封のペットボトルを差し出した。余分に持っているのであげるよと。お金も受け取らなかった。

親切な人がいたおかげで、崇史は予定通りに京都駅を出発し、約七時間半後、バスクル新宿に到着した。そこでもぼんやりしてはいられない。JR新宿駅に移動しなくては。けれど杖を突いたおばあさんがエスカレーターのすぐそばで転んでしまい、助け起こすついでに四階の出発フロアに付き合った。待合室には迎えの家族がいるそうで、探してほしいと頼まれた。

壁に掛かった時計を見て迷う。五分、十分の遅れで予定は狂う。家に行けなくなってしまう。でも足止めは神さまの思し召《おぼ》《め》しかもしれない。そう思って諦めようとした矢先、小学生くらいの男の子から声をかけられた。お兄さんは急いでいるんでしょ、代わってあげるよとにっこり笑う。おばあさんも「坊やありがとう」と手を繋ぐ。

やっぱり行きなさいと神さまが言っているのだろうか。

「それで、新宿駅からの電車にも間に合った」

「計画通りの時間に、自宅に着いたんだね」

「家に入ったらやけに暗くて、つい電気をつけてしまった。すぐ消したんだけどな」

「赤石さんに見られ、部屋の中では猫に鳴かれた？」

「すごく」

絵美は崇史の顔を見ながら言った。

「どうして猫をそのままにしたの？」

市村さんが確認している。家には何も変わったところがなかったのだ。

「いざ向き合ってみたら、猫と自分が同じに思えた。ここしか居場所がなくて、ここを追い出されたら行くところがなくて、じいちゃんだけが頼りで、優しくしてもらったら嬉しい。ずっと一緒にいたいと思ってるんだろうなって。シロから見たら、おれの方がよっぽどあとから来た邪魔者だ。もしかしたらおれだって、じいちゃんの寿命を縮めるようなことをしてるのかもしれない。本人が知らないだけで」

「ダメだよ、そんなふうに考えちゃ」

「結局、猫は目の前にいるのに、捕まえることができなかった。相変わらずちっとも可愛くないけれど、いなくなればじいちゃんは悲しむだろう。いつまでも捜し続けるに決まってる。それを黙って見ているのは我慢できないと思った」

絵美は首を縦に強く振る。処分などしなくてよかった。やめてよかった。でも崇史はこれから先、猫アレルギーに苦しむ市村さんを見るたびに、自分を責めるにちがいない。どうすればいいのだろう。京都からの交通機関の時刻を調べるのはメモ用紙片手になんとかなったけれど、今は変な汗がにじんで焦るだけだ。

「考えよう。解決策が何かあるはずだよ」

やっと言葉を絞り出して、崇史の腕を摑んだ。もっと気持ちを伝えたい。協力を惜しまないという気持ち。このまま座っているだけでは何もしないのと同じだ。でも猫アレルギーに手も足も出ない。

歯がゆい思いでいると、スマホに電話がかかってきた。母からだ。出たとたん、昨日の刑事がまた来たと告げられた。崇史にも聞こえたらしく、自分も直接会うと言う。正直に話せばお守りを返してもらえるかもしれないと。

5

母から公園の場所を聞いたらしく、刑事たちはほんの数分で現れた。

昨日のふたり組だ。絵美からの連絡がないのに再び家を訪ねたことからしても熱意がうかがわれる。大きな事件が絡んでいるからか。小さな事件でも気を緩《ゆる》めずに捜査するのが刑事なのか。

絵美の横にいる崇史を見るなり怪訝《けげん》そうに眉を動かした。クラスメイトだと紹介し、封筒を渡したことを打ち明けた。昨日は警察の人が来たことに驚き、言いそびれてしまったと弁明する。聞こえよがしのため息をつかれたが小言や叱責はなく、刑事たちは崇史に関心を向けた。

「封筒を持っていた人の行動が知りたいので、君がそうならぜひとも話を聞かせてほしい。今週の火曜日の夜について、できるだけ細かく」

ベンチの隅っこに絵美は腰かけ、真ん中に崇史、となりに若い刑事が座った。中年の刑事はすぐそばに立っている。

崇史は自分自身のことを最初に話した。両親が離婚し、今は母方の祖父とふたりで暮らしていること。その祖父の猫アレルギーがひどくなり、なんとかしたいと思っていたこと。修学旅行の間に祖父も一泊旅行に出かけることを知り、猫の処分を考えたこと。刑事たちは驚いたが手帳に書き付けるだけで先を促す。

祖父の外泊と重なるのは修学旅行二日目の夜。崇史は消灯時間を過ぎてから旅館を抜け出し京都駅に向かった。調べておいた発券所でチケットを購入し、新宿行きのバスに乗った。絵美に話したのとほぼ同じ内容だ。

「ずいぶん思い切ったことをしたね。これまでも夜行バスにはよく乗っていたの？」

「初めてです。だから緊張したし、不安もありました。でも、じいちゃんの猫アレルギーはほんとうに心配だったんです」

刑事たちは神妙な面持ちでうなずき、なんというバス会社の、何時発の便だったのか、乗客はどれくらいいたのかを尋ねる。

「山吹観光の、二十二時十分発新宿行きで、満員かどうかはわからないけど、空席はほとんどなかったと思います」

「となりに座った人のことは覚えているかな」

「三十代か四十代か、くらいの男の人でした」

「顔は覚えている？」

崇史は首を横に振った。

「よく見てないので。でも」

「でも？」

「酔い止めの薬を飲もうと思っていたのに、水を買い忘れてしまい、困っていたら未開封のペットボトルをくれました」

刑事たちは「ほう」と声をあげる。

「水にもいろんな種類があるよね。ブランド名はなんだろう」

「エビアンです。細身のボトルで」

さっきよりも少し大きな「ほう」が聞こえた。そして若い刑事は白い歯をのぞかせ、中年の刑事は腕を組んで首を縦に振る。まるで満足しているかのようだ。昨日、絵美がわからないと答えたときとは真逆の反応。

「念のために聞くけど、そのペットボトルはもう持ってないよね？」

「それが、その、鞄に入れっぱなしで家に。昨日の夜、絵美ちゃんの封筒を探そうとして気づいたんですよね」

「まだ家にある？」

「はい。勉強机の上に」

それはいいと刑事ふたりは口々に言い、ベンチに腰かけていた刑事は弾むような勢いで立ち上がった。

「今すぐそれを預からせてもらいたい。家の人が捨ててなければいいけど」

「大丈夫です。二階のぼくの部屋に入るのは猫くらいだから」

「猫、まだいるの？」

「計画はすべて順調に進んだのに、肝心のそこだけ計画通りにいかなくて」

「そんなものさ。それで救われる命は人間の場合もよくあるよ」

他ならぬ刑事に言われると不穏で意味深な言葉だ。じっさいの重かったり暗かったりする経験を語っているようにも聞こえるが、本人は飄々《ひょうひょう》としているので「そんなものさ」という肯定部分が耳に残る。まわりの風景を脅かさず、すんなり溶け込む。目の前を通り過ぎるベビーカーにも、鉄棒の向こうで葉を広げる紫陽花《あじさい》にも。

崇史の家に向かうというので絵美もついていった。市村さんは留守だったので若い刑事と崇史が家に入り、刑事はエビアンのペットボトルをビニール袋に入れて戻って来た。晴れやかな顔をしている。

それきり、また連絡すると言い残し引き揚げようとするので、絵美はあわてて言った。

「昨日刑事さんが持ってきた私の封筒は、崇史くんがバスの中で落としたってことですか？」

かすかな逡巡の後、中年の刑事はうなずく。

「それを拾ったのが、崇史くんのとなりに座っていた男の人?」

「足元に落ちているのに気づき、自分も似たような封筒を持っていたので、勘違いして自分の鞄に入れたらしい」

夜行バスの車内なら暗いだろうし振動もある。うっかりはあるだろうが。

「何かの理由で、その封筒の持ち主を知りたくなったんですね。中にあった写真を手がかりに私の家まで来た。学校にも行って先生や友だちに私の行動を聞いた」

刑事たちは表情の読めない顔になって視線をそらす。

「今日になって崇史くんのことを話したら、刑事さんたちの関心は私から崇史くんに移った。でも本人に興味はなく、知りたがったのは行動だけ。夜行バスに乗ったとわかると、となりに誰が座っていたのかを尋ね、ペットボトルの話をしたら目を輝かせた。今も大事そうにビニール袋に入れて、もう用は済んだという感じ。どういうことですか。崇史くんにとってとなりの席の人は、名前も知らず顔も覚えていないのに」

絵美は言葉を切って崇史の家を見た。くすんだ灰色の壁に黒い屋根の小さな二階建てだ。中には今、白い猫だけがいる。崇史にとっては自分に懐かず、祖父にアレルギー症状をもたらす頭痛の種だが、市村さんにとっては大事な相棒。奥さんが友だちに頼まれて飼い始めたと聞く。その奥さんが亡くなったとき、ずっとそばにいて慰めてくれたのは猫だったのだろう。

　人が変わると目に映るものは異なる。同じものでもちがう。

　新宿行きの夜行バスの中で、崇史にとってとなりの人はペットボトルの水をくれた親切な人だ。それ以上でも以下でもない。

「でも、となりに座っていた人にとって崇史くんは特別な存在なんですね。もう一度会いたい人で、警察も協力している」

「なあ、待てよ。どうしておれ？　何もしてないし、知らないよ」

　絵美は崇史を見返した。首を横に振る。

「崇史くんにだけ、できることあるよ。その人が火曜日の夜に京都を出て、水曜の早朝東京に着いたことを崇史くんだけが知っている。夜の間ずっとバスに乗っていたことを、証言できる」

　その証言がどういう意味を持つのか絵美にはわからないが、若い刑事は苦笑いを浮かべ、中年の刑事は鼻の頭を指先でこすりながら口を開く。

「いろんなことがはっきりするまで詳しいことは話せないんだ。崇史くんだっけ、君にはいずれ協力を頼まなければならない。そのときは未成年だから保護者の方にも話を通す。おじいさんでいいんだろうか。もしそうなら、君が修学旅行の二日目の晩に東京に向かった件を、おじいさんは知ることになる」

崇史はたちまち顔を曇らせた。
「君が事前に打ち明けるか、我々が伝えるか。ふたつにひとつだ。いずれにせよ、隠してはおけない」
「協力をしないと言えば、話は終わりになるんじゃないですか」
「あとあとまで重い荷物を背負うことになるよ。猫アレルギーも同じだ。現状を変えたいなら、君がどんな思いで真夜中のバスに乗っていたか、聞いてもらった方がいい。簡単なことではなかったはずだ」

刑事たちが駐《と》めてあった車に乗って去ってからも、絵美は崇史と共に路地を歩いた。証言ってすごいね。もしかしてアリバイ証明ってやつかな。それだよそれ。夜行バスもすごいと思うけど。あきれてるだろ。一生ものの武勇伝になるね。ひと晩でふたつもできた。

話しているうちに細い川に突き当たり、ふたり並んで柵にもたれかかった。

崇史はゆっくり深呼吸をして五月の空を仰ぐ。絵美はスマホを手に検索してみた。するとと猫アレルギーの対策がいろいろ出てくる。

空気清浄機を高性能なものに替えるとか、カーペットやラグマットの類をやめるとか、掃除機をまめにかけるとか、シャンプーで洗うとか、アレルゲンを抑えるフードを与えるとか。

「ないわけじゃないんだ」

崇史が尋ねる顔を向けてきたので、スマホの画面を見せた。

「なんとかなりそうじゃない？　なるよ、きっと」

「うん。そうだな。でも今、いいこと思いついたんだ」

空を見ていたのと同じ目で言う。

「シロとマルコをトレードしよう。おれ、マルコの方がずっといい。じいちゃんも犬アレルギーはないよ。マルコは毛も短いし」

「はあ？　なに言ってるの。マルコはうちの犬！」

「春日大社で買ったお守り、幸運を呼ぶ鹿のお守りだっただろ。あの鹿がおれに名案を授けてくれたような気がする」

崇史は柵から身体を起こすとわざとらしく両手を合わせ、よろしくお願いしますと目を閉じた。絵美がやめさせようとすると身をよじり、「じゃあな」と笑う。迷いが吹っ切れた顔をしていた。

空気清浄機はいくらするだろう。一番有効なものを買ってほしい。シャンプーなら差し入れしてもいい。マルコはやめてくださいと記憶の中の白い鹿に絵美は語りかける。

そして自宅に向かって駆けていく崇史の背中を、川縁《かわべり》の道で見送った。

4

パーキングエリアの夜は更けて

1

新潟駅から夜行バスに乗るのは初めてだった。出発時刻の八分前、莉香《りか》はバスのシートに腰を下ろしほっと息をついた。

静岡出身の莉香にとって、新潟は初めて訪れる土地だった。話にはずっと聞いていた。専門学校で親しくなった志保里《しほり》の地元で、長い冬や湿った重たい雪や毎日の曇り空、夜中の雷など、悲愴感たっぷりにさんざん聞かされた。温暖な太平洋側で育った莉香には物珍しく、帰省のお土産でもらった稲穂柄のポシェットは今でも愛用している。

だから絶対に帰らない。東京の人になるの。志保里は口癖のように言っていたけれど、学校を出てデザイン事務所で働き始めて間もなく、難しい病気に罹《かか》り帰郷を余儀なくされた。そのとき親身になって励《はげ》ましてくれたのが今日、彼女の隣に並んでいた新郎だ。三十歳を目前に控《ひか》えた新緑の頃、志保里は真っ白なドレスに身を包み、新潟市役所に勤める幼なじみと結婚式を挙げた。

専門学校時代の友だちはそれぞれ忙しかったり地元に帰ったりで出席できず、莉香だけが東京から参加した。「ひとりで大丈夫？」と志保里に気づかわれたが、ひとりだからこそぜひとも駆けつけたかった。志保里は東京で頑張っていたし馴染んでもいた。明るく快活な彼女に、人見知りの激しい自分はどれほど励まされたか。今までのお礼を込めて、祝福の言葉を伝えたかった。

完全なるアウェイは覚悟の上で出かけたが、志保里の友だちは事前に言われていたらしく何かと莉香に気を遣い、談笑の輪の中に入れてくれた。十代の頃に比べれば莉香も如才ない笑顔や受け答えを身につけ、その場の雰囲気に溶け込めていたと思う。二次会にもスムーズに参加でき、バスの時間ぎりぎりまでピアノの生演奏やビンゴ大会を楽しめた。

会場を抜け出したあとトイレで着替えをすませたので、今はスパッツにチュニックというラフな服装だ。バスの座席は前後に余裕を持たせた四列シート。莉香の隣、窓側の席には誰も座っていない。ビンゴでは千円のＱＵＯカードすら当たらなかったが、空席のままならやっと幸運を引き寄せたらしい。

莉香の隣だけでなく、空いている席はところどころにあるようだ。思ったより混んでいるような空いているような。夜行バスを利用したのは三回目なのでよくわからない。これまで関西や東北に出かけたさい、行き帰りのどちらかで使っている。

今回は金曜日の結婚式だったので、木曜日の昼間に新幹線で新潟に入り、駅近のホテルに一泊。帰路だけ夜行バスを利用することにした。新幹線に比べ料金が安く、ホテル代も節約できる。志保里は交通費を出すと言ってくれたので、片道のＪＲ分だけ甘えることにした。

「バスで平気なの？　土曜日も仕事でしょ」

「そうなんだけど、夕方からよ。家に帰ってそれまで寝れば大丈夫」

やりとりを思い出している間にも、発車前のアナウンスが始まった。本日はご利用ありがとうございます。バスクル新宿到着は明朝六時半を予定しております。高速に乗りましたら車内は消灯となります。お休み中の方もいらっしゃいますので、途中のサービスエリアやパーキングエリアに寄ったさいの車内アナウンスは控えさせていただきます。降車をご希望の方は前方のドアよりお降りください。出発時間は運転席横に表示します。時間厳守でお願いします、などなど。

ゆったりした座席なのでリクライニングしやすく身体にはらくそうだが、このバスにはトイレがついていない。ぐっすり寝られたならさておき、うつらうつらならば一回くらいは降りた方がよさそうだ。ずっと同じ姿勢というのも身体にきついだろう。

アナウンスを聞きながら莉香は身のまわりを整えた。すでにパンプスからフラットな靴に履き替えていたが、それを脱いでフットレストに足を置く。

五月初旬だが新潟の夜は冷えるのか、弱い暖房が入っていた。男性ならばそれで十分かもしれないが、莉香は持参したカーディガンを羽織り、備え付けの毛布を膝に広げた。スマホの充電は座ると同時に始めていたので二十パーセントまで回復している。これさえあれば暇つぶしに事欠かない。

慣れない土地で、知らない人たちに囲まれての披露宴や二次会への参加。刺激が強く心身共に疲れているけれど目も頭も冴えている。クールダウンには時間がかかりそう。

ペットボトルの水を口に含み、マスクを用意しているとスマホに着信があった。

仕事先のオーナーからだ。莉香は「チコリ」という名のダイニングバーで働いている。オーナーは四十代の女性で、みんなから礼子《れいこ》さんと呼ばれている。莉香もそれにならっている。男性ならばマスターなのだろう。

礼子さんは伯父《おじ》さんがやっていたというバーを譲り受け、女性にも入りやすいよう外観も内装も変え、開店時間も十七時からと二時間ほど早めた。食事に力を入れ、野菜中心のメニューは若い人に好評だ。

莉香も外観やおしゃれに盛りつけられたワンプレートご飯に引かれ、アルバイトの帰りに寄った。デザイン関係の専門学校を出たあと、ファッションメーカーに就職したものの、配属先である営業部のノルマがきつくて長続きしなかった。東京で独り暮らしをしているので働かなくてはならず、かといって会社勤めには自信が持てず、アパート近くのファミレスでフロア係をしていたときだ。

チコリはシンプルにまとめたインテリアが莉香の好みで、観葉植物のグリーンに気持ちが癒やされた。こんなところで働けたらどんなにいいだろうと思っていたところ、店員募集の張り紙が目に入った。喫茶店でもレストランでも食堂でもなく業務形態はバー。お酒を出す夜の店だ。シェーカーを振ったことはもちろん、ビールをついだことさえないに等しい。お酒の種類も知らず、客層もわからない。

とうてい無理だと諦めていると、張り紙を見ていたことに気づいた女性から声をかけられた。

「興味を持ってくれました？」

「素敵なお店だなと思って。でも私、バーのことはぜんぜん知らないんです」

「私が知ってるから大丈夫よ。今、お仕事はされているの？」

ファミレスの名前を出すと、週に何日かでもやってみないかと誘われた。女性はスタッフではなく店のオーナーだった。ひとりいた従業員が家庭の都合で辞めてしまい困っている。臨時の手伝いでいいからと言われ、週に三日、ほんとうに掃除や皿洗い、注文を取ったり運んだりしていると、少なくともそれだけはこなせたので、一本に絞らないかと持ちかけられた。

バーで働く人生など、正直考えたこともなかった。自分の将来像として平日昼間の会社勤めを思い浮かべていた。けれどファッションメーカーに勤務していたときには、土日も店舗の応援に行っていたし、ファミレスでは深夜の時間帯も働いている。平日の昼間勤務ではすでになくなっていた。

「朝から晩まで働いている人たちが息抜きをしたり、羽を休めたりする店よ。あなたのように会社勤めの大変さを知っている人なら向いていると思うのよ」

オーナーの言葉は迷っている背中を押してくれた。

開店は十七時。閉店は深夜零時。

時計を見ると二十三時四十分なので、チコリにいるお客さんはすでにごくわずかだろう。

スマホのLINEには〈どうしてる? ちゃんとバスに乗れた?〉とメッセージが届いていた。名前は〝礼子〟、アイコンはチコリの看板だ。

本人曰《いわ》く学生時代はバレー部の名セッター、口も態度も目つきも悪かったそうだが、今はお客さんへの笑顔も料理の腕も申し分なく、男女に限らず常連客を抱えている。タフでてきぱきしたところはたしかにアスリートっぽい。思い浮かべながら、莉香は言葉を返した。

〈バス、乗れました。予定通りに出発してます。おかげさまですごく良いお式でした。お休みいただいてありがとうございます〉

頭を下げた猫のスタンプもくっつける。

〈それは良かった。疲れたでしょう。明日もお休みをあげられたらいいんだけど〉

〈とんでもない。一晩たったら回復します。それより今、ＬＩＮＥして大丈夫なんですか〉

〈しろしろってうるさい人たちがいるの〉

もしかしてと思っている間にも写真が送られてくる。「やきとりタケさん」という店の主であるタケさんと、スナック「ジュリエット」のママが、ピースサインと共に満面の笑みを浮かべている。どちらも店じまいしたあと一杯飲んでいく常連客だ。写真をよく見るとカウンターのすみにもうひとりいる。進学塾の講師をしている篠井《しのい》さんにちがいない。夕方から夜にかけて働いている人たちだ。

〈みんな、コンちゃんの晴れ姿が見たいって〉

リクエストされて、今日の写真の中から花嫁と撮った数枚を選んで送信した。あの店で莉香は苗字の「紺野《こんの》」にちなんで「コンちゃん」と呼ばれている。常連さん――それこそタケさんから下の名前を聞かれたとき、口ごもったのは正解だったと今でも思っている。昔から「リカちゃん」と呼ばれることが苦手で、母の大好きな着せ替え人形に似ても似つかない自分にコンプレックスを抱いていた。東京に出てきた理由のひとつでもある。

ＬＩＮＥにはたちまち〈かわいい〉〈よく撮れてる〉と返ってくる。この場合の〈かわいい〉は社交辞令だ。気にしないでいられるような大人になった。

もっと見たいと言われ、行きに乗った新幹線の「とき」や新潟で食べた「はらこ丼」の写真を送る。

バスは市街地を抜け高速道路の入り口に差しかかった。北陸自動車道だ。高速に乗ってひたすら南下する。窓から見える景色はほぼ何もなく、ただの暗闇。人里離れた郊外を走っているのだろう。規則的な振動に身を任せて目をつぶっていると、志保里からもＬＩＮＥがあった。バスにちゃんと乗れたかと、同じようなことを聞かれる。

向こうも二次会から解放されホテルに戻り、ひと息ついたところらしい。親兄弟や地元の友だちとのやりとりもあるだろうに、自分のことも気にかけてもらい、恐縮しつつも嬉しい。

〈ただいま北陸道を南下中。幸せのお裾分けをありがとう。すごーく楽しかったよ。また連絡するね〉

おやすみなさいのスタンプを押していると、礼子さんからのＬＩＮＥには〈色気よりも食い気かと、タケさんが昭和なことを口走り、ジュリママに締められてます〉と。場面が浮かび笑ってしまう。気持ちもほぐれ、身体の力も抜ける。

〈ごめんね。スルーしてゆっくり休んでね〉

礼子さんは優しい。ありがとうございます、皆さんによろしくと返そうとして、バスの不規則な動きに気づいた。すいすい飛ぶように走って然《しか》るべきなのに、何度もブレーキがかかる。

莉香は背もたれから身を起こし、前方のフロントガラスに目をやった。

進行方向にずらりと車が並んでいる。光り輝くテールランプで眩《まぶ》しいほどだ。渋滞が起きている。

〈お休みなさいのスタンプを送ろうとしたんですけど、バス、高速道路の上で止まっています。渋滞みたい〉

しばらくして〈こんな時間に？〉と返ってきた。

〈そうなんです。びっくり〉

〈混雑するような時間じゃないから、事故渋滞だろうってタケさんが〉

時計を見ると深夜零時を過ぎている。そろそろ店じまいに入っているはずだが、タケさんたちはまだいるらしい。

〈今、篠井さんが検索している。何かわかったらＬＩＮＥしようか〉

〈お願いします。渋滞情報なんて出てなかったので、少し前に何かあったのかも〉

バスはときどき思い出したように数メートル動く。

十五分ほどしてからメッセージの着信があった。

〈長岡《ながおか》ジャンクションの手前で事故があったらしい。他の車を巻きこむような大事故じゃないけれど、トラックの積み荷が散乱。復旧まで時間がかかるみたい〉

莉香は顔をしかめた。事故車を移動させ、片側だけでも通すようにするのが通常の対処だろうが、積み荷があるとは。かき集められるようなものならいいけれど。

〈こちらは今、新作メニューの味見をしてもらってるの。ステーキ丼のタレとか、人参ドレッシングとか。まだしばらくいるから、新しい情報が摑めたら知らせるね〉

〈よろしくお願いします〉

バーで働き始めてから深夜の時間帯にもだいぶ慣れた。けれど狭いシートにくくりつけられた夜行バスは別物だ。止まったり動いたりを繰り返すので乗り心地は悪く、不自由は不安に繫がる。

まわりの人たちも異変に気づいたようで、連れのいる人たちは小声でしゃべり始める。なんで止まっているの、何かあったの、おかしいよね、事故じゃない？

やがてサイレンも聞こえてくる。遠くで黄色の灯りが点滅している。

ざわめきに応えるように運転手から車内アナウンスがあった。

「ご乗車の皆さま、お休みのところ失礼いたします。北陸自動車道上り車線において事故が発生した模様です。ただいま渋滞が起きておりますが、事故処理が完了次第、通行が可能になります。しばらくお待ちください。当バスは目的地まで安全な運行に努めて参ります。皆さまのご協力、引き続きお願いいたします」

こういうときに用いられる、マニュアル通りの言葉という感じだ。詳しい状況や復旧のメドは語られない。運転手にしても得られる情報は限られているのだろう。そもそも真夜中だ。会社で待機している人も少ないのでは。

車内のそこかしこでため息がもれた。衣類を直したりペットボトルを触ったりという音も混じる。みんな落ち着かないだろうが、中には熟睡している人もいる。

通路を隔て、莉香の右隣に座る乗客もそのひとり。お腹が丸くせり出した太めの男性で、気がついたときには規則正しい寝息を繰り返していた。つられてうとうとするのではなく、自分はこんなふうに眠れるだろうかと焦ってしまいそうだ。

気を紛らわせたくて今日撮った写真を眺めていると、前方の通路に人影が見えた。運転席に歩み寄り、何やら話しかけている。耳を澄ませると、どうやらサービスエリアかパーキングエリアに入るよう交渉しているらしい。お願いします、なるべくこの近くで、お手洗いですか、はあ、わかりました、すみません、ただこの混雑なのでしばらくかかるかも、大丈夫です、待ちます。

交渉が成立したらしく人影が座席に戻る。若い男性のようだ。

足止めされているので気は急《せ》くが、どうせ動かないのならばサービスエリアかパーキングエリアでくつろいだ方がましかもしれない。そんな状況をLINEすると、〈バスは栄《さかえ》の手前かな〉と返事があった。礼子さんからのコメントだが、礼子さん自身はステーキ丼の試食にかかりきりで、入力しているのは篠井さんとのこと。

篠井さんは寝癖の髪と黒縁眼鏡がトレードマークの風采の上がらない男性で、莉香はてっきり四十代、もしくは五十代の中年男だと思っていた。けれどじっさいは三十代半ば。実家住まいで、離れにすごい鉄道模型を置いているそうだ。彼の笑みは模型の話になると少しだけこぼれる。

たびたび職務質問を受けるという逸話も、いかにもらしくて莉香は吹き出しかけてあわてて口元を押さえたが、進学塾での評価は意外にも、と言ってはさらに申し訳ないが高いらしい。成績の良いクラスと極端に悪いクラスを受け持って、どちらにも評判がいい。彼に言わせれば、成績のいい子に教えるときは知的好奇心が刺激され、悪い子相手には想像力がかき立てられるそうだ。生徒ではなく自分自身の。

〈篠井さん、高速道路にも詳しいんですね〉

〈検索してるだけだよ。長岡付近で事故ったなら、上り車線で足止めされたバスが寄れるのは栄PAくらいだ。そこをすでに通過してたら、事故現場の先になる。『わか

りました』とはすんなり言えないはずだ〉

〈へえ。そうなんですか〉

他人事のように言ってしまう。

〈でも、バスは少しずつでも進んでいるんですよ。流れ始めているのかも〉

〈渋滞を避けて一般道に下りていく車があるんだよ。PAに避難する車もあるだろうし〉

なるほど。ルートの決まっているバスは下りたくても下りられない。何時間かかろうとじっと待ち続け、悪くすれば夜が明けてしまうかも。なんてことだ。

おめでたい日に「ついてない」とは言いたくなくて莉香は目を閉じた。

2

どれくらいそうしていただろうか。外が明るくなった気がして瞼《まぶた》を持ち上げると、パーキングエリアを示す看板が見えた。あと少しの場所までバスは進んでいる。

先ほどの乗客が運転手に話しかけていた。運転席の近くにいるらしい。

「あそこの栄パーキングエリアに寄ってもらえるんですよね」

「はい」

「ああ、よかった。もうすぐですね」

「でも、駐車場は混んでいると思いますよ。お手洗いでしたら先に降りますか。そのかわり、三十分以内にこのバスを探して必ず戻ってきてください」

「わかりました。先に降ろしてもらえるとすごく助かります」

ウインカーを点滅させている車はすでに長蛇の列だった。莉香もこれまで何度か夜行バスを利用して深夜のサービスエリアやパーキングエリアに降り立ったことがあるが、がらんとした風景しか見ていない。事故渋滞があると様変わりするらしい。大型バスが置ける場所は限られているので、まだまだ時間はかかるだろう。

それを気の毒に思った運転手が敷地内に入ったところでバスを止めた。ドアを開けて男性客を降ろす。他にも降りたがる人がいれば「どうぞ」と促すつもりだったのだろうが、誰も現れずドアが閉まる。

そのあと専用の駐車場までバスは移動し、ぽっかり空いたスペースに大きな車体をねじ込んだ。

疲れなくてもいいところで待ちくたびれ、ぐったりしていると遠くからサイレンが聞こえてきた。事故が起きているのだからパトカーの一台や二台、現れてもおかしくないのだが、近付いてから遠ざかるのではなく、どんどん大きくなって近くでぴたりと止まった。このパーキングエリアでもトラブルが発生しているのだろうか。

憂鬱な気分できょろきょろすると、目の合った乗客が「なんでしょうね」「いやですね」という顔で応じてくれる。初老の男性も中年の女性もいる。後部座席に座った若い女性たちも困惑気味だ。

とりあえず降りてみよう。シートベルトを外し手提げ鞄の用意をしていると前方のドアが開いた。てっきりお客さんを降ろすためだと思ったのに、「すみません」と野太い声がした。

「申し訳ありませんが捜査にご協力をお願いします」

捜査？ 今到着したばかりで、少なくとも車内には何も起きていない。

運転手も「いったいなんですか」と硬い声をあげた。

「新潟駅から乗車した男性客を探しているんです。すぐすみますので車内に入らせてもらいます」

返事を待つことなく、強引とも言える素早さでステップを上がってくる。通路の突き当たりに人影が現れた。

「新潟県警の捜査員です」

「お休みのところを失礼します。ご協力お願いします」

入ってきたのは中肉中背のふたりだ。手にした何かを胸の高さに提示してみせる。警察手帳だろうか。

「すみません。免許証などお持ちですか」

唖然とする乗客をよそに、彼らは前の席から順番に確認を始めた。なんでどうしてと車内はざわめく。莉香もまわりの人たちも「警察?」「どうして」と囁《ささや》く。前の方からはっきりと「何があったんですか」と聞こえたが、尋ねられた方は「まあちょっと」「ご協力を」と言葉を濁す。説明する気はなさそうだ。

莉香自身は免許証の類を持っておらず、身分を示せるのは保険証くらい。財布の中に入っているので言われたら出せばいい。身にやましいところがないのだから堂々としていよう。肩に力を入れていると、自分のもとにやってきたのは若い男だった。

「お休みのところ、失礼します。おひとりですか」

目も鼻筋も顎も細く、いかにも頼りなさそうな風貌だが制服姿の巡査ではない。私服捜査員なのだろう。

「ひとりです」

「お隣は空席ですか」

「はい」

「足元に誰か隠れているなんてことは……」

冗談めかして言われ、なんとなく笑ってしまう。毛布をたくし上げ、スパッツを穿《は》いた足も持ち上げ、座席の下を見せた。

「いませんね。ご協力ありがとうございました」

向こうも細い目尻を下げ、身分証明書の類を求めることもなく後ろの席に移動した。どうやら確認は男性に限られているらしい。見るからに高齢な男性もほぼスルー。

車内に入ったふたりは、これといった収穫もない感じで「お騒がせしました」と引き揚げかけた。けれど運転手が何か言ったらしく気色《けしき》ばむ。

「駐車場に止める前に降りていった男性がいるんですか」

「ええ、まあ、その」

「なんでそれを早く言ってくれないんですか。場所はどこです」

「このパーキングエリアに入ってすぐのところです。その前からそわそわしていたので、てっきりトイレに行きたいんだろうと思って」

そのとたん、若い男のほうがバスの外に出て行った。

中年の捜査員は留まり、なおもたたみかける。

「降りた乗客は荷物など持っていましたか。座っていたのはどこですか」

運転手は立ち上がり、前から三列目くらいの座席を教えた。隣に誰かいたらしく、捜査員はその人にも様子を尋ねる。聞かれた方はよく通る声ではきはき答えた。

「渋滞が始まってからはしきりにスマホを操作していました。あと、その人は窓際に座っていたんですけど、前ではなく後方を気にしていました。何度も身を起こして窓ガラスに張り付き、後ろをうかがう感じで」

「渋滞に巻きこまれる前までは落ち着いていたんですか」

「はい。ふつうにシートも倒していましたし」

「バスが止まるようになって、急にそわそわし始めたと」

うなずいたのだろう。やりとりが途切れたのち、捜査員はご協力ありがとうございました、と言って、今度こそ引き揚げていった。

気まずい空気だけが残される。ほとんどがひとり客なので、たった今の出来事を話し合う相手もないまま息をついたり咳払いをしたり。誰かがお手洗いを申し出て、運転手が我に返る。渋滞次第になるかもしれないがと前置きしつつ、十五分の休憩時間を告げた。


莉香は降りる気をなくし、一部始終を礼子にＬＩＮＥした。パーキングエリアに入ってすぐ乗客のひとりが降りたこと。その直後にパトカーがやってきて、駐車場に止めたバスの中に捜査員が入ってきたこと。老人以外の男性客を調べてまわったこと。先に降りた人がいると知ってにわかに顔色を変えたこと。

たちまち既読のマークが付き、自分のスマホでやりとりしたいと篠井さんから申し出があった。ＯＫするとタケさんやジュリママも加わりたいという。それにも了解しているとたちまちグループＬＩＮＥが結成された。

〈新潟県警の乱入なんて。やるわね、コンちゃん〉とジュリママ。

〈すっかり目が覚めた。うそうそ。ステーキ丼のタレでも覚めてたよ〉とタケさん。

〈このメッセージは礼子さんからよ。スマホを返してもらいました〉と礼子さん。

篠井さんからは〈該当するような事件を調べてる〉と。

それを待ちながら水で喉を潤し、車内の様子をうかがった。通路を隔てた隣の席の男性は相変わらず眠り続けている。この人も捜査員から声をかけられていたが、とうとう起きなかった気がする。その後ろ、莉香からすると斜め後ろには女性が並んで座っている。

窓際には若い女性。通路側には年配の女性。さっきから年配の人とは何度となくアイコンタクトを取っている。

ＬＩＮＥグループへの新着メッセージがあった。篠井さんからだ。

〈最近、新潟県内で起きている事件を探してみた。いくつかあるんだけど、今日の夜行バスを追いかけて来て関係者を探しているとなると、それなりに緊急性のある事件だろうね。今夜起きた事件か、今夜有力な情報を得た事件か。乗り場が新潟駅前と特定されているようなので、とりあえず新潟市内に絞ってみる〉

読んでいるうちにも次のメッセージが入る。

〈日付が変わって正しくは昨日になるけど、ややこしくなるから「今日」にしておくよ。1、今日の二十二時三十分頃、南場町にある『ジュエリー・コスモ』に強盗が押し入り宝飾品が多数盗まれる。2、今日の十九時頃、三益交差点で自転車とバイクが接触事故を起こし、バイクはその場から逃走。自転車に乗っていた人は打撲などの軽傷を負う。3、昨日の夕方、吉川町三丁目にある村田《むらた》信次《しんじ》さん宅から悲鳴が聞こえ、近隣の人が駆けつけると、信次さん七十五歳が血まみれで倒れていた。意識不明の重体。4、ここひと月、市内数ヵ所で小火《ぼや》騒動が起きている。三日前には空き地に置かれた物置小屋が全焼。不審火とされている〉

強盗、ひき逃げ、傷害、火事。新潟県警も忙しそうだ。新潟市内だけでこれなので、県内全域となったらさらに増えるのだろう。

〈1と2が今晩起きた事件で、3と4が数日前なのね〉とジュリママ。

〈コンちゃんの話からすると、警察は具体的な情報を持っているみたいだね。年寄り以外の男だっけ〉とタケさん。

〈つまり、目撃者がいたってことよね?〉と礼子さん。

莉香も追加の情報を送る。

〈捜しているのは太ってない男性のようです。通路を隔てた隣にそういう人が座って

いるんですけど、ずっと眠っています。警察も声をかけたんですが、起きるまで粘《ねば》らず『まあいいか』という感じでパスしました〉

〈図体《ずうたい》のでかいのがいると乗り物は困るんだよな。その人、隣には誰かいるの？〉

〈いないみたいです。自分の鞄を置いてます〉

〈ならよかった〉

そこに篠井さんのコメントが入る。

〈警察の捜している人物像、かなり具体的なんだね。だいたいの年齢や体型がわかり、なおかつ今日の夜、新潟駅前から夜行バスに乗るという情報を掴んだ、ということか〉

〈礼子さんが言うように、目撃者がいたんでしょうか〉

〈だね。おそらく〉

〈事故渋滞が起きなければ、このまま逃げられたのかもしれない？〉

〈本人はそのつもりだったんだろう。と言うか、自分に関しての情報と、バスを使う逃走経路がこんなに早くバレるとは思ってなかったんじゃないかな。警察が気づいたら追いかけるだけでなく、下車の可能性のある場所にも人員を手配する。待ち伏せされたら袋のネズミだ。逃げたい者にとって、長距離バスは危険な乗り物だよ〉

非常ドア以外、出入り口は前の一ヵ所だけ。ほんとうに袋のネズミだ。

篠井さんの書き込みは続く。

〈そうやって考えていくと、警察にとっても渋滞は厄介な代物なのかもしれない。先回りして、降りてきたところを確保した方がスムーズだ〉

〈でも〉

何か引っかかるものがあって、莉香はスマホに入力する。

〈パーキングエリアで一足先に降りた男性……、その人が警察の捜している人だと仮定してですよ〉

〈栄PAで降りたんだ。仮名オリタ氏にしとこうか〉

画面に向かってうなずく。

〈オリタ氏は、渋滞が始まってすぐの頃からそわそわしていたようです。進行方向に向かって後方を気にしていた。と言うことは、その時点でバスに乗っていては危険だとわかっていたということですか。ずいぶん早い〉

〈隣の人の話からするとスマホを触っていたんだろ。警察に情報が漏れていることを、教える人がいたのかもね〉

明日の朝には都内に着くつもりでくつろいでいたところ、バスは渋滞に巻きこまれ、自分の行動が警察にバレているらしい。そうなったら一刻も早く外に出たいと思うのが人情だ。

〈待て待て〉とタケさんが割り込む。

〈警察に情報を流すやつがいて、それをオリタ氏に教えるやつもいる。つまり関わっている人間はけっこういるってことだな〉

〈ねえ、そこから絞れるんじゃない？　バイクと自転車の接触事故って、怪我を負った人には気の毒だけど命に別状がないんでしょ。夜行バスで逃げるとか警察に情報を流すとか、話が大きすぎない？〉

ジュリママがもっともなことを言う。

〈放火魔もそうですね。ああいうのって、ひとりでこっそりやってる気がする〉、これは礼子さん。

篠井さんは〈一理ありますね〉と返す。

ＬＩＮＥのやりとりも活発だが、バスの方も外に出た人たちが戻って来て話し声や物音がする。若い女性のふたり連れも前からやってきた。目が合うと同時に会釈してくれたので話しかけた。

「外の様子どうでした？　私、降りなかったので」

「パトカー、一台だけじゃなく、二、三台いたと思います。手分けして複数人で捜している感じ」

「男の人を？」

ふたりとも神妙な面持ちで首を縦に振る。

「まだ見つかってないんでしょうか」

「そうみたいです。建物の中も外もいろんな人がいてごちゃごちゃしてます。駐車場にはたくさんの車が止まっているし。隠れる場所はいっぱいあるねと話していたんですよ」

照明がついているので建物も駐車場も煌々と照らし出されているが、そこから少し離れただけで植栽の形もわからないほど闇が深い。つぶさに調べるのは至難の業だろう。

「ちょっとした事件ならまだしも、凶悪犯が逃走してたらって、考えるだけでゾッとします。このバスは警察が入ってひとりずつ調べてくれたでしょ。かえって安全でよかったのかも」

ふたり連れは「ね」と互いに顔を見合わせる。

閉じられた車内に変な人がいたら恐いというのはよくわかる。いきなり刃物でも出されたら、たちまち大パニックだ。想像しかけて莉香はあわてて打ち消す。

「渋滞については何か聞きましたか」

「ようやく片側通行が始まったらしくて。運転手さんももうすぐ出ると言ってました」

それは朗報だ。頬を緩めて莉香は礼を言った。ふたりも笑顔になって自分たちの席に戻っていく。

とっさにLINE電話を起動させていたので、今のやりとりはチコリにいるみんなにも聞こえたはずだ。通話を切ると、さまざまなOKスタンプが返ってきた。

やがて前方のドアの閉まる気配がしてバスのエンジンがかかる。

莉香はシートベルトを外して立ち上がり、オリタ氏の座っていた席に目を凝らした。空っぽだ。降りるときに、三十分以内に戻ってくるよう運転手さんから言われていたが、出て行ったきりだ。

篠井さんたちに報告し、もう大丈夫と自分に言い聞かせながら、シートの背にもたれかかる。

警察官が駆け回るような事件はネットニュースで見かけるくらいがちょうどいい。宝石店強盗も血まみれ事件も関わりたくないし、ひき逃げ犯にしろ放火魔にしろお目にかかりたくない。

通路を隔てた窓に視線を向け、祈るような気持ちで車の流れを見れば、なるほどさっきよりもスムーズに流れている。バスも発車した。

ホッとしていると斜め後ろでひらひら動くものがある。

年配の女性が紙切れを差し出し、莉香に受け取るよう目で訴えていた。

3

なんだろう。

戸惑いつつ手に取れば、アルファベットの手書き文字が並んでいた。「ラインID」と書き添えられている。

もう一度女性を見る。自分のスマホを指差したあと、手を合わせてお願いのポーズを取る。直《じか》に話すことの難しい車内で、伝えたいことがあるらしい。

見ず知らずの人とLINEをするのに抵抗はあったが、五十代後半である自分の母親より年上とおぼしき女性だ。夜行バスのせいか化粧っ気はないが、髪型や着ているものからしてきちんとした印象もある。

莉香は手書きのアルファベットを入力してコンタクトを取った。

〈初めまして。斜め前に座っているコンノと申します〉

〈いきなりでごめんなさい。私は平塚京子《ひらつかきようこ》と言います〉

ニックネームは「ｋｙｏｕ」となっていた。

〈どうかされましたか〉

〈私の席の隣に座っている人のことで相談したくて。ひとりではどうしていいのかわ

からず困っています〉

莉香は背もたれに背中を押しつけ、首をできうる限り伸ばしてｋｙｏｕさんの方に顔を向けた。彼女の隣には若い女性がいる。窓際の席で、窓に顔を向けているのでよく見えないが。

〈お隣の人が何か？〉

〈女の人に見えますか？〉

〈はい〉

〈でもほんとうは男性なんです〉

心の中で「は？」と大きな声が出る。その人はふわりとウェーブしたロングヘアで、首元にベージュのスカーフを巻いている。肩から腕にかけてのラインが繊細で、おそらく華奢《きゃしゃ》な人なのだろう。ちらりと見える横顔からすると目鼻立ちの整った美人のような気がする。

〈私が今の席に着いたときには男の人だったんです。髪の毛も短くて、もちろんお化粧もしてなくて、ガムを噛みながらスマホをいじっていました。私は通路側の席に座り、すぐにアイマスクをつけて目をつぶったんです。寝られないけど少しでも身体を休めたくて。そしたらいつの間にかバスがのろのろ走っていて、変だなと思ってアイマスクを外したところ、隣の人がすっかり変わっていました〉

返事に困って振り向くと、ｋｙｏｕさんは真剣な顔でうなずく。

〈私だって人様のことをとやかく言いたくありません。気づかぬふりでいいと思いました。でも駐車場で警察が入ってきたでしょ。男の人を捜しているふうだった〉

〈もしかしてｋｙｏｕさんの隣の人は、警察から女性と思われたんですか〉

〈はい。寝ていたようなので起こされることもありませんでした〉

太った男性と同じ扱いだったのか。

〈このままにしておいていいのかしら。おかしな人だったらどうしよう。私、不安で〉

〈ちょっと待ってください。考えてみます〉

莉香はｋｙｏｕさんとやりとりしている画面をスクショし、チコリのグループＬＩＮＥに送信した。本人の許可を得るべきだろうが、それさえまどろっこしい。今ならまだパーキングエリア内だ。警察を呼ぶこともできる。

〈女装ならともかく変装だと問題だな〉

〈最初からバスの中で変わるつもりだったのかしら〉

〈そうなんじゃないですか。渋滞に巻きこまれた頃、すでに女性になっていたようですし〉

〈だったら準備万端ね〉

〈警察が先回りしても通り抜けるんじゃないか〉

〈やっぱり通報しないと〉

〈篠井さん、どう思う?〉

礼子さんにせっつかれ、篠井さんのコメントが入る。

〈警察も変装の可能性くらいは考えていると思います。つまりｋｙｏｕさんの隣の人は似ても似つかぬ顔立ちや体型をしているんじゃないかな。警察の捜している人ではない。万が一、ほんとうに不審者だとしても、狭いバスの中では騒がない方がいい。このまま新宿まで運ばれて、下車したところに警察がいたら事情を話す。それで十分だと思います〉

たしかに、いたずらに騒ぐよりも耳をふさぎ目を閉じ、運転に身を任せる方が賢明だ。安全であるのかもしれない。けれど不安にかられている人が納得してくれるだろうか。

〈どうしたらいいと思います?〉

逡巡しているとｋｙｏｕさんからＬＩＮＥが入った。

〈少し、様子を見てはいかがでしょう〉

〈今、スマホを操作してましたよね。どなたかとやりとりしてるんですか〉

〈東京の知り合いです。渋滞のこととか警察のこととか話して、情報収集してもらっ

ています〉

〈情報？　何かわかりましたか〉

〈新潟市内で最近起きた事件を調べてもらいました。でも『わかる』というほどじゃありません〉

候補の四つを教えようかと思ったが、かえって恐がらせるだけかもしれない。篠井さんの見立てを語らせてもらう。

〈警察も変装のことは考えていると思うので、明らかにまったく似てないのでは。心配でしたら、新宿に着いたとき、私も一緒に警察に掛け合いますよ〉

悪趣味にならないよう気をつけて明るいスタンプを押す。

〈そうね。ここでは静かにしていた方がいいかも。ありがとう。気が楽になりました〉

それはよかった。小さく息をつく。

バスはようやく駐車場の出口付近に差しかかっていた。あとは順番に本線に戻っていくだけ。

そのときまたしても運転席付近が騒がしくなった。前方のドアが開き誰かが入ってくる。捜査員が戻って来たのだとばかり思ったのだが。

「すみません。間に合ってよかった。もうダメだと諦めてたんですよ」

「お客さん……さっき降りた？　ですよね」

「はい。三十分と言われていたのに、遅れてすみません。チケットもあります。あらためて新宿までお願いします」

男性はすでにステップを上がり、料金箱の前で運転手にチケットを見せていた。

〈オリタ氏、リターン！　バスに再乗車〉

チコリメンバーに送信する。これがもし、警察が現れての捜査協力シーンがなかったとしたら、お腹の調子が悪くてトイレに急いで個室にこもり、やっと落ち着いて駆けつけたと思うだろう。置いてきぼりにあわず、ぎりぎりセーフで間に合ってよかった。一緒に喜んであげてもいいくらいだ。

でも、今晩に限っては不慣れな戸惑いの中にいる。莉香だけではないだろう。乗り合わせた人のほとんど。おそらく運転手も。

チケットを持つ客をとっさには拒めず、バスを止めたままにもできない。動かすにはドアを閉めねばならず、客にも着席をうながすしかない。

オリタ氏はそんな運転手の脇を通り抜け通路に立った。リュックタイプのバッグを胸に抱え、グレーのシャツの上に黒いジャケットを羽織っている。薄暗い中でも若いとわかるような、すっきりとした顔立ちだ。

もうひとり通路に現れる。さっき捜査員に向かって話していた男性だ。オリタ氏はその人の隣の席なので、彼が立たなくては入れない。

「すいません。ありがとうございます」

「いえ、いいんですけど」

男性はオリタ氏にこう言った。

「警察の人には会いましたか？」

直球だ。思えば警察とのやりとりも、よく通る声ではきはき話していた。

「警察がどうかしたんですか」

「そこのパーキングエリアに何人もいたでしょう？　声をかけられませんでしたか」

「へえ。そうでしたか。気がつきませんでした」

オリタ氏は明るい声を出し、少し微笑んだようだ。それが直球氏を刺激したのかもしれない。

「他人事のように言わないでください。このバスの中にも警察はやってきたんですよ。あなたはどうしてバスが駐車場に止まる前に、先に降りたのですか。ずいぶん急いでいましたよね」

まるで取り調べの口調だ。オリタ氏の顔つきも変わる。

「降りたかったのは渋滞したからです。新宿に着くのが遅くなりそうだったから」

「着くのが遅くなりそう？　トイレじゃないんですか。降りた理由をさっきはそう言いましたよね。ちがったんですか」

　まわりの人から「やめて」「もういい」と声がかかる。直球氏はオリタ氏を怪しい人間と決めつけているようだが、関係ないふつうの乗客かもしれない。逆に直球氏の読みが当たっていた場合、問い詰めるのは危険だ。豹変したらどうする。莉香の頭の中に「窮鼠《きゅうそ》猫を嚙む」という故事成語がよぎる。

　運転手も「お座りください」と声を張り上げた。

「待ってください。私は座れないですよ。もういいと言うなら、代わりに誰かこの席に座ってください」と直球氏。

「それはどういう意味ですか。ぼくの隣はいやだってことですか」

「バスから降りた理由を言ってください」

　ふたりの口論で車内の空気がすっかり凍《こお》り付《つ》いたかのようだった。それをぶち破る声が莉香のすぐ横から発せられた。

「うるせえな。さっきからごちゃごちゃと。おまえら何やってんだ！」

　いったいいつ起きたのだろう。ついさっきまで熟睡していた大柄の男性だ。

「おい、ここどこだ。ＰＡか」

　まばゆく照らし出された車外に顔をしかめ、隣の莉香を見る。五十代にも六十代にも見えたが目元や口元、頬の張りからしてもう少し若いのかもしれない。

「栄パーキングエリアです」

「何時だ」

「夜中の一時半くらいですね」

「どうして。それなら湯沢《ゆざわ》あたりを走っている時間だろ。なんで栄なんだ。おかしいじゃないか。おまえらのせいか」

最後のひと言は通路のふたりに向けたものだ。大柄の太め氏は、わざわざシートベルトを外して腰を上げる。どこから説明すればいいのか。さすがの直球氏も開いた口がふさがらない。それをどう受け取ったのか、太め氏は「喧嘩なら外に出ろ、出ないなら座れ」と一喝する。

事態を収めるどころか混乱に拍車をかける者の登場に、莉香はいたたまれず視線を巡らせた。ｋｙｏｕさんや女性コンビの顔を見て少しでも慰め合いたかったのだが、太め氏が立ち上がったことにより、彼が窓際の空席に置いた荷物が見えた。

大きなボストンバッグだ。無造作に放り投げたような置き方で、ファスナーが開いている。中から上着のようなものがはみ出している。さらに、バッグの口から細い棒のようなものが垂れ下がり、その先っちょに白っぽいものがのぞいている。そこには何かついている。

まるで指のようなもの。

ゾッとして息が止まった。見まちがいだ。そんなはずはない。

莉香はスマホのシャッターを押した。太め氏は運転手に「こいつらをつまみ出そうか」と話しかけているので気づかない。

止まった息が今度は全力疾走したあとのように速まる。肩を上下させながら、撮ったばかりの写真を拡大した。細い棒状のものは布でくるまれていて、ズボンやスパッツの類に見える。そこからのぞいているのはやはり足。サイズからして子どもの足だ。

大きなボストンバッグは小柄な子どもならすっぽり収まってしまう。

スマホが振動した。びっくりして危うく悲鳴を上げかけた。篠井さんからだ。

〈昨日の傷害事件は、重要参考人として手配されていた孫がみつかったらしい。刃物を持ったままバスに乗り込んではいないと思うよ。取り急ぎご報告〉

ありがたい情報だが、こちらには刃物の恐怖に勝るとも劣らない事態が展開している。

震える指でたった今の写真を送付しようとしたけれど、もたもたしているうちにちがう場所をタップする。画像をｋｙｏｕさんとのＬＩＮＥにあげてしまった。頭が真っ白になる。気を取り直しチコリのグループＬＩＮＥに送付。

まちがえた方を削除しようとしたが、早くも既読になっていた。斜め後ろを振り返ると、ｋｙｏｕさんも目を剝いている。その隣、窓側に座っていた女性（としか見えない人）もｋｙｏｕさんのスマホを見ていた。窓ガラスにもたれかかって目をつぶっていたスカーフの人だ。この騒ぎで身を起こしたのだろう。

莉香の送った写真が、自分たちの前の座席を写したものであることもわかったらしい。鞄の中からのぞいている足にも気づいたらしい。スカーフの人はｋｙｏｕさんのスマホを取り上げた。

〈鞄の中身を確認する。あなた、あの太っちょを前方に連れ出して〉

私が？　驚きのあまり寒気も吹っ飛ぶ。

〈なんでもいい。気をそらして。早く〉

篠井さんからも〈確認できないか〉と入る。

莉香は立ち上がった。

4

東京に出るときだって、会社を辞めるときだって、チコリで働くときだって、新潟に行くときだって、自分で決めて一歩を踏み出した。今もきっとそのとき。

莉香は目の前のずんぐりした大きな肩を叩き、男が振り向くと同時に前に指を差した。

「話をちゃんと聞きましょう。私も加勢します。そこの、パーキングの入り口でみんなより先にバスを降りた方、急いだ理由を話してくれませんか。プライバシーの問題かもしれませんが、あなたがいない間にいろんなことがあったんです。みんな疑心暗鬼にかられています。狭い車内でそれはとてもつらいんです」

こんな正義感にかられたようなセリフを口にする柄ではない。気の立った男たちの間に入るのもたぶん初めて。けれど背後ではもっと覚悟のいることが起きている。難しい方をスカーフの人が買って出てくれた。そう思えば自ずと背筋が伸びる。

オリタ氏は莉香からのまっすぐな視線を受けてひるんだように見えた。

「お願いします」

再度投げかけると、頭を左右に振った。

「プライバシー云々《うんぬん》ではなく、仕事の話なんです。それでためらってしまって。もしかしたら紛らわしい態度を取っているのかも。だとしたらすみません」

「お仕事？　パーキングエリアに寄ったことがですか？」

「ぼくは漫画雑誌の編集者をしています。漫画家さんのでき上がったばかりの原稿を受け取り、どうしても明日の朝早くに印刷所に持っていかなくてはならなくて」

漫画家？　編集者？　予想だにしない言葉を耳にしてポカンとしてしまう。直球氏も太め氏も「は？」と聞き返す顔つきになる。

「ほんとうはバイク便に原稿を託す予定でした。でも夜半から未明にかけて雷雨の予報があって見合わせました。豪雨になったらバイクは危険ですから。ぼくが夜行バスに乗り届けようとしたんですが、高速道路で渋滞に巻きこまれて」

「このままでは原稿が遅れてしまうと？」

オリタ氏はうなずく。

「はらはらしていたら、天気予報が変わった、バイク便が出せると連絡があり、急遽バトンタッチすることに。もともとバイクなら直接印刷所に行けるので時間が短縮できます」

「それでパーキングエリアに寄りたかったんですか」

「はい。新潟市内からまだそんなに離れてなかったので。さっき無事、バトンが手渡せました」

太め氏が「もったいぶらずに言やあいいのに」とぼやく。

「申し訳ありません。一回言いそびれたら話せなくなって。原稿の作者である漫画家さん、身内にご不幸があって新潟にいらっしゃるんです。とても気落ちされてたので、ぼくまで神経過敏になっていました」

肩をすぼめ、彼は鞄から何かを取り出す。顔写真の付いた社員証らしい。

「修談社《しゅうだん》？」

さっそくのぞき込んだ直球氏が声をあげる。太め氏は好奇心丸出しで歩み寄る。

「ほんとだ。あんた修談社の人間か。おれ、あそこの本を読んでるぞ」

「所属は週刊ミリオンか。へえ」

「知ってる知ってる。なんだよ、早く言えよ」

さっきまで目を吊り上げて睨み合っていた人たちが、にわかに打ち解けて小突き合う感じだ。お互いの失敗をごまかしているようにも思えるが。

「とりあえず座りましょう。皆さん、お騒がせしました。申し訳ありません」

直球氏がよく通る声で言い、前や横、後ろに向かって頭を下げた。オリタ氏もすみませんとくり返し、ふたりはそろって座席に引っ込む。

通路に残ったのは太め氏と莉香。もちろんすみやかに撤収する。そのために莉香は踵《きびす》を返し、もうひとつの現実に寒気を走らせた。バッグの中身はなんだったのだろう。答えを知るのが恐い。心臓が縮み上がる。

逃げ出したいのをこらえ視線を巡らせると、太め氏のいるべき場所にスカーフの人が座っていた。彼女の傍らには小さな子どもの姿がある。不安げな目でこちらを見ている。両手も両足もきちんとついている。

莉香の背後で、息をのむ気配がした。太め氏は莉香を押しのける勢いで身を乗り出したが、そうはさせじと足を踏ん張る。

「男の子。六歳ですって」

歩み寄るとスカーフの人が小声で教えてくれた。無事なのか。全身の力が抜けて足ががくがくする。

「おれの甥《おい》だ。妹の子で、その妹に頼まれて連れて帰る途中だ。な、トーマ。おまえからもそう言え」

太め氏はさらに強引に莉香をどかそうとする。振り向いて睨みつけた。

「乱暴なことをすると警察を呼びますよ」

太め氏は太い腕をただちに莉香の身体から離し、お手上げのポーズを取った。

運転手から「座ってください」と声がかかる。

莉香は思いきってスカーフの人の隣、窓側の席へと滑《すべ》り込《こ》んだ。太め氏には自分の席を指差す。そこに座れと目で訴える。彼はしぶしぶそちらに腰を下ろした。

見届けて莉香は話しかける。

「いったいどうなっているんですか」

「聞いたところによれば、あれはほんとうに伯父さんらしい。この子はママのところに帰るんだって」

ふたりに挟まれた男の子は心細そうにうなだれている。その首筋も肩も腕も細くて、莉香の胸は締め付けられる。

「どうして鞄の中に」

「それは聞いてやらなきゃね」

太め氏は耳をそばだてこちらをうかがっていたので、すかさず「いろいろあるんだよ」と押し殺した声で言う。車窓の風景は動き始め、バスはようやくパーキングエリアから本線に戻る。

「その子の父親が勝手に連れ去ったんだ。妹は身体を壊して入院中で、おれが行くしかなかった。新潟で会ったらトーマも帰りたいって言うし」

「なんで鞄の中なんですか」

さっきと同じように莉香は目にも声にも力を入れる。

「父親が変に金持ちで、人を雇って新潟駅で待ち伏せしていた。子ども連れの男に片っ端から声をかけ、子どもの顔写真と照らし合わせているんだよ。電車はダメ。タクシーはバカ高い。それでバスに。座席はふたつ取ったんだよ。ふたり分でもタクシーやレンタカーよりましだ」

乗車するときに誰に見咎められるとも限らないので、大きなバッグに隠して車内に入ったそうだ。すぐにファスナーを開き、しばらくじっとしているように子どもに言った。動き出したら外に出すつもりだったが、このところの疲れからあっという間に寝込んでしまった。

「疑いだしたらきりのない話ですね」

「わかってるよ。こんな外見だしな。でも、騙されたと思って写真を見てくれよ。そこにある鞄の外側のポケットに入っている。トーマとも何度も一緒に見たんだ。な、トーマ」

ボストンバッグは足元にあった。引っぱり上げてポケットをまさぐると数枚の紙が出てきた。家庭用のプリンターで印刷した写真だ。

一枚目は産院だろうか。優しげな顔立ちをした若い女性がパジャマ姿でベッドに腰かけ、小さな赤ちゃんを抱っこしている。傍らに寄り添うのは太め氏だ。初めて目にする笑みを浮かべている。次の写真はその彼がおどけた表情で赤ちゃんを抱っこしている。次はおそらく赤ちゃんの初めてのお誕生日、次は手を繋いで歩いているところ。その次は赤い電車の前でピースサインを決めている三人。

「これ、君とママと伯父さん？」

小さな頭が縦に振られる。身体が揺れて、どうやら泣いているらしい。莉香とスカーフの人は両側から男の子を包み込む。

「ダメ。わたしこういうの弱いの」

スカーフの人は涙ぐみ鼻を鳴らす。最初の印象の通り目鼻立ちの整ったきれいな人だ。声の低さや指の形、スカーフからのぞく喉元からして、ｋｙｏｕさんの言う通りおそらく医学的な性別からすると男性なのだろう。でもまったく気にならない。とっさの機転と勇気、行動、そして気持ち。ここにいてくれてよかったと心から思う。

バスは高速道路をスムーズに走り始めていた。車内は平穏を取り戻し、オリタ氏や直球氏の座席も静かだ。

莉香は彼女に言った。

「この並びで新宿に行きませんか」

「そうね。君、お姉さんたちと一緒の席でいい？」

再び小さな頭が縦に動く。

「決まりね」

莉香はうなずき通路の向こうに言葉をかけた。

「私のスマホや毛布をください。席替えです」

太め氏は「えーっ」と不満そうに顔をしかめたが、男の子がスカーフの人にもたれかかりすでにうとうとし始めているのを見て莉香の荷物を渡してくれた。

後ろの席のｋｙｏｕさんからもスカーフの人の持ち物が差し出される。

それらを受け取って、太め氏がほったらかしにしてあった備え付けの毛布で、痩せ細った男の子をくるむ。

スマホを見ると心配するチコリメンバーからのＬＩＮＥがたくさん来ていた。

男の子の寝顔を一枚だけ撮らせてもらい、取り急ぎ送付する。

〈いろいろありましたが無事に高速道路に戻り、バスは順調に走っています。ざっとになりますがこれから事情を書きますね〉

よかった、待ってた、肝を冷やしてたと、返事やらスタンプやらが殺到する。そして篠井さんからのメッセージによれば、警察が追いかけたのは新宿行きだけでなく、大阪行きのバスもだそうだ。宝石店強盗の線が強いと。

莉香はスカーフの人の機転と勇気、オリタ氏の職業と下車理由、太め氏の申し開きと現在の座席を書いて送った。

時間はすでに夜中の二時を過ぎていた。ジュリママは週末が休みだが、他の人たちは仕事もある。莉香の報告を眺めながらの解散になるのだろう。礼子さんから「胸を撫で下ろしている、お疲れさま」と送られてきた。お休みなさいのスタンプも。

それを見て莉香もスマホをポーチにしまった。バスは長岡を過ぎ、関越自動車道に入り、湯沢に向かっていた。車内は何事もなかったかのように静まりかえっている。

傍らに目をやると男の子は睫毛《まつげ》の長い、清らかな寝顔で眠り込んでいた。

この子の母親は今どこにいて、どんな夜を過ごしているのだろう。

その人も、結婚式を挙げたばかりの志保里も、スカーフの人も、自分も、おそらくは同年代。さまざまな境遇があって、嬉しいこともつらいことも口惜しいことも抱えながら今、夜の底でじっと目を閉じている。やがてそれぞれの朝へと運ばれる。新しい一日が誰のもとにも訪れる。

5

目が覚めて瞼を持ち上げるとカーテンの隙間から光が漏れていた。スマホの時計を見ると七時を少し過ぎたところ。車内には軽やかな音楽が低音量で流れていた。目覚めを促すBGMだ。

昨夜の騒ぎのあと四時間はぐっすり寝ていたらしい。隣には男の子がいて、口を開けて寝ている。なんという安らかな光景だろう。思わず莉香の頰は緩む。この子にも大変なことが起きているようだが、まとまった睡眠時間はそれなりの力になるはずだ。

男の子の隣にはスカーフの人。マスクとアイマスクで顔が覆われているので表情はうかがい知れない。通路の向こうの太め氏も爆睡中だ。

他にもカーテンを開けている席があるので、莉香も指先でそっと裾を持ち上げた。空が白いので曇っているようだが、車窓の向こうには家並みが広がり、大型マンションもそこかしこに建っている。高層ビルも増えていく。

「いつの間にか寝ちゃってたわ」

声のする方を向くと、スカーフの人がマスク類を外していた。

お互いに顔を合わせ、「おはよう」の挨拶を交わす。

「私もほんのちょっと前に起きたとこです」

「もう都内？」

「だと思います」

「一時間くらいの遅れかしら」

言いながら胸に抱えていたトートバッグからポーチを取り出す。手鏡で自分の顔をじっくりのぞき込む。莉香はバスの中で寝ることしか考えてなかったので、乗車前にメイクを落とした。新宿に着いても帰宅するだけなのでノーメイクで通すつもりだった。

けれど彼女はフルメイクだ。手鏡を使い、チークやマスカラの落ち加減をチェックしている。美に対しての意識が高く、髪の毛のウェーブひとつにまで気を配っている。これがいつもなのかもしれないし、朝早くから人に会う用事があるのかもしれない。

BGMの音量が大きくなり、バスのアナウンスが流れてきた。

「皆さま、おはようございます。昨夜は高速道路の渋滞に巻きこまれ、お急ぎのところ大変申し訳ありませんでした。このバスも予定より遅れ、七時半頃、バスクル新宿着が見込まれております。あと二十分ほどです。シートにお座りのまま今しばらくお待ちください」

あちこちでカーテンが開かれ車内が明るくなる。自分は帰宅するだけなので、一時間くらいの遅れはなんの問題もないが、中には困る人もいるのだろう。漫画の原稿を運ぶはずだったオリタ氏、彼のような人がこの世にはいるのだと気づかされる。

そんなことを考えながら毛布を畳み、スマホの充電コードを片づけていると、男の子が目を開けた。

ここがバスの中であることを一瞬忘れたらしい。不安げにきょろきょろし泣き出しそうになる。

「おはよう。目が覚めた？　君の伯父さんはあっちに座っているよ。まだ寝てるけど」

莉香が話しかけると男の子は身を起こし、太め氏を見て安堵の息をついた。

「あともう少しで新宿に着くよ。そしたら伯父さんを一緒に起こそうか」

男の子はうなずいたような、首を傾げたような。初めて口を開く。

「伯父さん、なんであっちにいるの？」

「ちょっとした席替えがあってね。なんでもないのよ」

「このバス、新宿に行く？」

「うん。もうすぐ。ほら、超高層ビルが見えてきた」

競うように建ち並ぶ高いビル群だ。地方出身の莉香にとって未だに気後れする眺め。コンクリートとガラスと金属でできた街は、生身の人間にとっていつまでも冷たく硬くよそよそしい。おまえなんか知らないとそっぽを向かれている気がする。でも男の子は無機質なビルの乱立を、穏やかな眼差しで見つめていた。太陽は雲に遮られているのに、朝日に照らされているように眩しそうだ。もしかしたら、男の子の帰りたい家がこの街のどこかにあるからかもしれない。

そびえ立つ建物に受け容れてもらうとかもらえないとかではなく、大豪邸であっても小さな借家であっても、帰りたいと思える場所があるかどうか。それが肝心だと、まるで教えられているようだ。六歳の子どもから。

莉香も自分のアパートの部屋を思い浮かべた。好みのインテリアでまとめた、ささやかながらも大事なお城だ。礼子さんのまねをして植物を少しずつ増やし、どの鉢も可愛がっている。出がけに水をたっぷりあげてきた。元気にしているだろうか。

信号で止まっていたバスが発車し、バスクルのビルへとハンドルを切った。弧を描く坂道を力強く上がり、やがてターミナルの三階フロアに到着する。

ブレーキがかかると同時に乗客たちは立ち上がった。身支度を調え手荷物をまとめ通路に出てくる。太め氏も身じろぎし、やっと目を覚ましたかのようだったのに、むにゃむにゃと口を動かすだけで瞼は開かない。ほっとくとまた眠ってしまいそうだ。

下車する人が途切れたところで、スカーフの人が太め氏の腕を突いた。

「新宿ですよ。着きました」

男の子も「伯父さん」と声をかけ、すぐに困った顔で莉香の顔を見る。

「ぼく、トイレに行きたい」

おおそうか。焦るし、あわてるし。

「それは大変。ずっと行ってないもんね」

「伯父さんこんなだから先に行った方がいいんじゃない。あなた、急ぎの用事ある？　なければお願い」

スカーフの人に言われ、莉香はうなずいた。

「わかりました。伯父さんの方は……」

「起こしてバスを降りる。戻って来なくていいわ。探しに行く」

相変わらずてきぱきしている。どことなく礼子さんに似ている。

持ち物はトートバッグに入れてあったのでそれを手に、莉香は男の子を連れて通路を進んだ。バスの運転手が子どもを見てきょとんとするので、後ろの男性の連れです、と一足先にトイレに行きます、と言ってステップを下りた。広がっていた雲が薄れ、思ったよりもよいお天気だ。

バスのそばに男性がふたり立っていた。オリタ氏と直球氏だ。「お騒がせしました」「ありがとうございました」と頭を下げる。

「いえいえ。原稿は間に合いそうですか」

オリタ氏は白い歯を清々しくのぞかせた。

「さっき連絡があり、無事に到着したそうです。迷惑や心配をおかけしてほんとうにすみませんでした」

直球氏まで関係者のように恐縮したりニコニコしたりするのがおかしかった。

立ち話をしている時間はないので、預けてあったバッグをターミナルの職員から受け取り、莉香はトイレを探した。すると男の子がエスカレーターを指差し、上がいいと言う。四階にもトイレがあるのはわかっていたので、引っぱられるままエスカレーターに乗った。

バスクルは三階が到着フロア、四階が出発フロアになっている。四階には大きな待合室がありベンチが並び、売店も設けられている。早朝に着いた人が休憩したり、これから出発する人が待ち時間をつぶしていたりと人影は多い。

トイレはフロアの一番奥だった。看板を見たとたん、自分もとても行きたくなる。

「君、トーマくんだっけ。伯父さんがそう呼んでたよね。トイレはひとりで大丈夫？」

歩きながら言うと男の子はうなずく。

「お姉さんも入ってくる。出てきたら動かず、ここで待っていてね」

広い通路の前で念を押し、別れてそれぞれの用を足す。

戻ってくると男の子がいない。まだだろうか、どこかでふらふらしているのだろうか。あたりを見渡してすぐ小さな後ろ姿を発見した。頭の形や羽織っている上着からまちがいないと思うも、見覚えのない子どもと話している。訝しみつつ近付くと、やはりトーマくんだ。

話している相手はトーマくんに比べて背が高く、顔つきもしっかりしている。いくつか年上だろう。と言っても小学生か。表情が生き生き動き、何やら楽しげで、いかにもすばしっこそう。

莉香に気づくなり、「おや」と眉をしならせた。次の瞬間、警戒心を走らせるのではなく、好奇心たっぷりに目を輝かせる。不思議とそれを大人びていると感じた。

「こんにちは。楽しそうにしゃべっているけど知り合いなの？」

「少しね。おねえさんは新潟から来たの？」

小学生が尋ねる。

「うん。まあ」

「帰れてよかったねと話していたんだ。ね、トーマ」

何気なくさらりと言われたが、その言葉に驚く。小学生の男の子はトーマくんの家庭の事情を知っているらしい。眉をひそめた莉香に男の子は気づき、口元をほころばせる。笑われた気がする。面白がっていると言うべきか。なんとなく油断できない子だ。

立ち尽くしていると背後から近付く人の気配がした。振り向けばスカーフの人と太め氏。

ふたりとも「ああよかった」と言いつつ、立ち止まらずにトイレに直行する。太め氏は男子トイレ。スカーフの人は女子トイレ。当たり前のようでいて、ｋｙｏｕさんのＬＩＮＥからすると微妙な気持ちになるが、まあいいやと流す。

そのｋｙｏｕさんからは「いろいろありがとう」「約束があるので四階には行けず。ごめんなさい」とメッセージが届いていた。莉香も「こちらこそありがとうございました」と返す。

しばらくして太め氏は例の大きなバッグをぶら下げ、どたどたと戻って来た。スカーフの人は髪型を整えたらしくさらに美しくエレガントに現れる。

「伯父さん！」

トーマくんが駆け寄って飛びつく。

「トイレ間に合ったか。よかったな。伯父さんもだ」

そこが喜ぶポイントかと、ツッコミたい気持ち満々で莉香は恨みがましい視線を送る。スカーフの人も綺麗な双眸で睨みつける。気づいて太め氏は肩をすくめた。

「そんなに恐い顔するなよ。この通り仲のいい伯父と甥なんだよ」

「理由があって恐い顔をしているんです。あなたのしたことは立派な……」

「わかってる。心から反省している。悪かった。ちょっと待てよ、な」

太め氏はにわかにフロア突き当たりの自動ドアへと手招きし、みんなが屋外に出たところで自分のスマホを操作した。画面に向かって何か言いつつ、それを莉香たちに向ける。

そこにはパジャマ姿の女性が映っていた。横からのぞき込んだトーマくんが「お母さん」と明るい声をあげた。

「この人たちにバスの中でお世話になったんだ。おまえからも礼を言ってくれよ」

「え、そうなの。今初めて聞いた。あの、ありがとうございます。何かご迷惑をおかけしてないといいんですけれど」

そのままずばりを言い当てられ、莉香もスカーフの人も笑ってしまった。

「もしかして、もうかけているんですか。やだわあ。すみません」

「いえいえ。そんなことないです」

「トーマくんのお母さんですか。初めまして。こんにちは」

「お世話になっただけだ。今もトーマをトイレに連れて行ってくれたんだ。な、トーマ」

「あやしい。また何かやったんじゃないの？　あとでちゃんとお礼を言いたいから、私のメアドをお伝えして」

受け答えの感じからするとしっかり者のようだ。今は入院中とのことで万全ではないのかもしれないが、やたら頑丈そうな身内がいるので、よくよく手綱《たづな》を締めれば力になってくれるだろう。

女性のメアドをメモさせてもらい、太め氏やトーマくんとはそこで別れた。いつのまにか先ほどの小学生はいなくなっている。でも待合室のベンチや観葉植物の陰、乗車のために並ぶ人の列、それらのどこかに彼は紛れているような気がする。

そして、どこから来たの？　どこに行くの？　と、この待合室にやってきた人に話しかけているような。

「あなたがいてくれてよかったわ」

スカーフの人に話しかけられた。

「私？　いえ、私はぜんぜん」

「頼りになったわよ。新潟から来たところ？　それとも東京に帰ってきたところ？」

「友だちの結婚式に出て、戻ってきたところです」

フロアを横切りながら言葉を交わす。

「そう。わたしは来たところ。これから仕事なの」

少しためらい、照れたように、でも晴れやかな、とてもよい姿勢で彼女は言った。誇らしげな雰囲気もある。彼女の夢や憧れに結びついたものなのだろう。

「どのようなお仕事ですか。って、つい聞きたくなってしまいます」

「モデルよ。今日は久しぶりにグラビアページの撮影。その前にショーモデルのオーディションも受けるから、ご覧のとおり気合が入っているの」

「素敵です。よい日になりますように。頑張ってきてください」

自然と言葉が出た。チコリにいるときのような笑みまで浮かべている。そんな自分に気づき恥ずかしくなった。

「ごめんなさい、急に。私も仕事しているときのような気持ちになって」

「仕事？」

「飲食店で働いているんです。人付き合いがもともと苦手で無愛想で、接客業は向いてないんですけど、お疲れさまとか元気出してくださいとか、ちゃんと言えたらいいなと思ってて。最近ようやく少しずつ……言えてるかな。どうかな」

スカーフの人と並んで歩き、バスクルのビルから各所への連絡通路に出る。彼女はJR駅に向かうらしい。地下鉄を使う莉香とはお別れだ。

「それでは」と会釈しかけると、

「どこのなんていうお店なのか、尋ねたら迷惑？」

足を止めて彼女は言う。

「あなたの『お疲れさま』、聞いてみたいわ」

透明感のある麗しい笑みと共に見つめられドキドキする。断るなんてできない。むしろよかったらぜひと頭を下げたいくらいだ。莉香は財布の中に忍ばせているショップカードを取り出し、彼女はそれをエレガントな手つきで受け取った。

「『チコリ』？」

「ダイニングバーなんです。夕方からやっています」

背筋が伸びていた。さっきの彼女のように少しは誇らしく言えただろうか。

礼子さん、篠井さん、タケさん、ジュリママ、昨日のＬＩＮＥメンバーも、スカーフの人が店に現れたら大喜びだろう。興奮の様が見えるようだ。

そんな瞬間がくればいいなと思いながら、莉香は大勢の人が行き交う朝の連絡通路に目をやる。バスで一緒だった人たちがすいすい歩いているような気がした。

5

君を運ぶ

1

いつの間にかぐっすり眠っていた。葉月が目を覚ますと、バスは岩槻《いわつき》インターの少し手前を走っていた。

山形駅前から乗ったのは日付が変わる前、昨晩の二十三時過ぎだった。途中でサービスエリアに寄ったはずだが、気づかずに寝ていたらしい。前回、夜行バスを利用したときにはサービスエリアから戻ってこない女性がいてずいぶん気を揉んだ。

まどろみの中で懐かしく思い出す。まさかバスを降りてＪＲ駅まで歩いていたなど、考えもしなかった。もともとの行き先はバスクル新宿だったのに、あの女性は電車に乗り換え、仙台駅を目指したのだ。

理由はどうしても会いたい人がいたから。それを知って葉月の胸に熱いものが流れ込んだ。自分にも消し去れない人がいて、矢も盾もたまらず山形から新宿行きのバスに乗った。今思い返せばまるで十代の少女のようだ。当たって砕《くだ》ける覚悟で思い切った行動を取ったのに、東京が近付くにつれ弱気がもたげた。自分の来訪は歓迎されないのかもしれない。迷惑がられるのかもしれない。素っ気ない態度を取られたらどうしよう。気づかわれて無理をされてもいたたまれない。

後ろ向きなことばかり考え、あのままだったら相手の勤める書店にたどり着けなかったかもしれない。行けたとしても、遠くから眺めるのがやっとだっただろう。声もかけられず、暗い顔で帰りの新幹線に乗っていた気がする。

けれど未明のサービスエリアから見知らぬＪＲ駅まで、歩き通した女性がいたと知って気持ちが変わった。自分も一度くらい、無茶をしでかしてもいいのではないかと、薄まりかけていた覚悟が蘇った。

そして四月初旬のあの日、早朝のバスクル新宿をあとにした葉月は、彼の勤める書店に向かった。

駅ビルの七階に十二年前オープンした支店だ。葉月が新卒で入社して二年目のこと。華々しい船出の日をいまだによく覚えている。別の店で働いていた葉月も手伝いに駆り出され、四つ年上の彼とそこで出会った。ふたりして真新しい棚にせっせと文庫を並べ、販促物で平台を飾った。あのとき彼の左手の薬指には銀色の指輪が光っていた。葉月にとって他店の先輩スタッフでしかなかった。

やがてどの店にいても仕事熱心な彼の評判を聞くようになり、ディスプレイや発注数など参考にさせてもらい、入社して六年目、同じ店で働くようになった。彼の指から銀色の輝きは消えていた。気づいてもプライバシーに踏み込むことなく、部下として日々の業務に明け暮れた。

その後、葉月は異動。別れがたい気持ちから、にわかに彼を意識するようになったが、自分からは積極的な行動が取れない。進展もないまま歯痒さだけが募り、母の病気をきっかけに三年前に帰郷を決めた。地元では書店員以外の職に就いた。

それきり東京との縁も薄れ、かつての同僚との連絡も途絶えがちだった。けれど例の、十二年前オープンした店が閉店することを風の噂に聞いた。業績が悪化し、彼が副店長として店の立て直しを任されたというのは小耳にはさんでいたが、思うような結果が出なかったらしい。

閉店日を知るとじっとしていられず、葉月は上京を思い立った。顔が見たかったのか、言葉をかけたかったのか。自分でもよくわからない。穿鑿《せんさく》せずに送り出してくれた母をありがたく思う反面、自分の中に解放感もあって後ろめたくなる。新宿に着いたときにはすっかり気後れしていたが、仙台駅に向かった女性だけでなく、同じバスに乗り合わせた人たちまでも背中を押してくれた。「袖振り合うも多生の縁」という言葉通りに励ましてくれた。

彼の勤める書店では、新刊本のチェックをしている後ろ姿をすぐに見つけた。午前中の早い時間とあってお客さんの姿はまばら。すんなり声が出た。振り向いた彼は葉月を見てとても驚いた。警戒する顔になりかけていたかもしれないが、深読みせずに、話のできる時間がほしいと言った。彼はうなずき、長めの休憩を取ってくれた。

そこで交わした会話が、葉月をバスに乗せている。会えて嬉しい。また会いたい。思えばたったそれだけの言葉をようやく口にできた。葉月にしても彼にしても。

気持ちが前回とは異なっているからか、乗り心地までちがうバスが朝の高速道路を走る。五月の下旬とあって日の出は早く、車窓の向こうはすっかり明るくなっていた。上下線とも車は多く、ビルの合間に電車も見える。夜明けと共に一日はすでに動き出しているように感じられるが、時計を見ればまだ六時半。葉月の今日の約束の相手もまだ眠っているだろう。

スマホを取り出しなんとなくインターネットに繋ぐ。Yahoo! ニュースに目を通していると、子どもの顔写真に目が留まった。小学生くらいの男の子だ。見出しには「小学五年生男児、四日前から行方不明。公開捜査に踏み切る」とあった。

ふわふわと浮ついた気持ちがしぼむ。今日は金曜日なので四日前と言えば月曜日だ。決して短くない期間、葉月がのほほんとご飯を食べたり音楽を聴いたりしている間にも、家族は懸命に捜し続けているにちがいない。ただ、小学生ならば自分の意志で家を出たとも考えられる。事件や事故に巻きこまれたとは限らない。

そうでありますように。どこかでけろりと見つかりますように。無事を祈りながら葉月は他のニュースに目を向ける。頭を切り換え、もう少し穏やかな記事を読もうとするのだけれど、男の子の写真に引き寄せられる。

なんでだろう。どうしてだろう。見出しだけでなく記事を読むべきか。指先でタップし、さっきよりも大きくなった写真を見て、葉月は目を瞬《しばたた》く。

どこかで会った気がする。どこで？

記憶をたどっていると車内アナウンスが聞こえてきた。

「皆さま、おはようございます。おくつろぎ中のところを失礼いたします。当バスは定刻通りバスクル新宿に向かっております。到着まであと十五分を予定しております。下車のご準備はバスが完全に止まってからで間に合います。今少し、着席になってお待ちください」

定型通りの言葉を聞きハッとする。前回の上京のとき、バスクル新宿で見かけた子に似ている。サービスエリアからいなくなった女性をめぐり、同乗していた人たちと話がしたくて四階の待合室に向かった。そこで言葉を交わした、バスクル新宿の常連のような子だ。

思いついたそばからあわてて首を横に振る。苦笑いも浮かぶ。もとより小学生の男の子は見慣れていない。どの子も同じ顔に見えてしまうのだろう。

自分に言い聞かせニュース画面を閉じ、下車に向けての準備に取りかかった。


バスはほぼ定刻通りに到着フロアに停車した。ステップを下りて外に出れば、五月の東京は山形に比べてやはり暖かい。空は白い雲に覆われていたものの、雨の降るような雲ではないのでホッとする。晴れてくるかもしれない。

一泊するつもりだったので荷物はそれなりにある。預けてあったキャリーバッグを受け取りエスカレーターに向かう。待ち合わせの時間までカフェに寄るつもりだ。早朝からやっている店を思い浮かべながら歩き出すと、先ほどの写真が脳裏をよぎった。到着フロアは大きなロータリーがあるだけでがらんとしている。冷暖房が完備され、たくさんのベンチが並んでいるのはひとつ上の四階。発車するバスを待つ人もいれば、到着後にくつろぐ人もいる。

ちょっとだけ寄ろうか。時間はある。トイレにも行きたい。葉月の足は上りエスカレーターのステップに乗った。

2

約一ヵ月ぶりに訪れた早朝の待合室は、前回とほとんど変わりがなかった。

観光客、学生グループ、きちんとした身なりのビジネス客。さまざまな利用者が荷物を手に通路を行き交い、ベンチもほとんど埋まっている。電光掲示板からすると、七時台は富士五湖や軽井沢、甲府など関東近郊に向けてのバスが主流のようだ。それに乗るために待っている人もいれば、夜の移動を終えて到着したばかりの人もいる。

大きな窓の向こうにはロータリーとバスが見え、白い空はほとんど見えない。

そして葉月が出会った男の子もいなかった。その子を捜しているとおぼしき警察官の姿も。

「そりゃそうだ。やっぱりね」

心の中でつぶやき、何を考えていたんだろうと思いながらあたりを見まわしていると、制服姿の警備員と目が合った。突っ立ったままの葉月を怪訝に思ったらしい。ゆっくりとした足取りでこちらにやってくる。なんでもないです、お気遣いなく、そんなニュアンスで目礼して離れようとしたが、それより早く「どうしましたか」と声をかけられた。丸顔でほっぺたのつやつやした中年男性だ。

いかにも人の良さそうな雰囲気につられ、葉月は自分のスマホを見せた。

「この子を、ここで見かけたような気がするんです。心当たりはありませんか」

警備員は画面をのぞき込み、首を傾げた。

「さあ。子どものお客さんは週末や夏休みになると多くなるんですけど。そういった日のことですか」

葉月が会ったのは先月、平日の早朝だった。でもそれを言う気にはなれない。行方不明の男の子と、葉月が見かけた子が同一人物、あるいは酷似しているのならば、警備員にしても「ああ、あの子」と思い浮かべるのではないか。薄い反応ということは、この人には覚えがなく、警察からの問い合わせも来てないのだ。

「私の勘違いだと思います。お手間を取らせてすみません」

頭を下げて逃れるように踵を返す。トイレに行こう。フロアの一番奥だ。用を済ませて通路に戻り、寄ろうと思っていたカフェの場所を確認したくてスマホを手に取る。画面を開くと、真っ先に出てくるのはさっきの男の子の写真だ。見れば見るほどあのときの子に思えるが、やりとりしたのはほんの一瞬。

人違いだと自分に言い聞かせ、歩き出そうとしたそのとき、前から来た人とぶつかりそうになった。

とっさに身体をひねってよけたが、スマホがすっぽ抜ける。

しまったと思う間もなく、交差する通路から来ていた人が手を伸ばした。フロアに落ちるぎりぎりのところで受け止めてくれる。

「ありがとうございます。助かりました」

大学生くらいの若い男性だった。ジーンズに無地のTシャツ、ボディバッグ。葉月が礼を言うと、手の中のスマホを差し出すのだけれども、物言いたげな顔をする。

「どうかしましたか？」

「ぼくも今、同じ画面を見ていました」

反対の手に持っていた自分のスマホを見せてくれた。たしかに二台とも同じ男の子の写真を表示している。

「ほんとだ」

「この子を前にこの待合室で見かけたような気がして来てみたんです。でも何も変わったことがなくて。思い違いだったんだなと」

「私もです。今朝のニュースを見て驚きました。ここで会った子に似ていたから」

「あなたもですか」

誰かに話したくてたまらなかったので葉月は続ける。

「夜行バスに乗って、ついさっき三階に到着したところです。バスクルから離れてカフェに行くつもりでしたが、ニュースの写真が気になって四階に上がってきました」

「ぼくだけじゃないんだ。ホッとします。いや、ホッとしてもしょうがないんですけど」

相手の表情が緩むのを見て、葉月も微笑んだ。

「警備員さんに聞いてみたら心当たりがないようでした。だから私の、まったくの勘違いだと思っていたんですよね」

「よかったら、もう少し話を聞かせてもらえませんか」

言われて、利用客の邪魔にならないよう壁際に移動した。ベンチに腰かけるよりフロア全体に注意を向けたくて立ったまま話す。今にも男の子がふらりと現れそうだ。もしもそうなったら身近な気がかりはひとつ消える。

男性は益子哲人と名乗った。大学三年生だそうで、律儀に学生証も見せてくれた。葉月は「北川」と苗字を教えた。

哲人が男の子を見かけたのは四月下旬の二十時前後だそうだ。サークルの友人を探すためにバスクルにやってきて、注意深くフロアを見まわしていた。すると夜の待合室には珍しく小学生くらいの子どもがいた。

その子も哲人の方を向いたので目が合い、そのせいか妙に印象に残っていると言う。顎の尖《とが》った細面でくっきりとした眉。意志の強そうな双眸をしていた。近くに保護者はおらず、荷物の類も持っていない。なぜここにいるのだろうと訝しんだが、本来の用事があったので深く考えずそれきりだった。

一方、葉月が出会ったのは早朝だ。コーヒースタンドを探してきょろきょろしていると話しかけられ、ここには自動販売機しかないよと教えられた。

「物怖じしない雰囲気で、口調からして待合室のことをよく知ってる感じでした。だから常連さんだと思ったんですよね。警備員さんにも聞いてみたんですけど」

葉月は視線を動かし探し当て、「あの人」と哲人に伝える。こっそりのつもりだったが、当の警備員のそばには誰かいる。葉月たちの方を見て話をしている。指まで差す。いったい何があったのだろう。

警備員と話をしていた人物はそちらに頭を下げたのち、葉月たちの元に歩み寄ってきた。哲人よりもさらに若そうな、中高生くらいの男の子だ。白いシャツに黒いズボンは制服だろうか。

少し手前で足を止め、寝癖なのか毛先のはねた髪の毛と共に頭を縦に振る。お辞儀をしたらしい。

「今、あそこの警備員さんに教えてもらって」

聞き取りにくい声でたどたどしく言う。

「ニュースにあった男の子の写真を見せて、待合室にいなかったかと聞いたら、さっきも同じことを聞かれたばかりだと言われたんです」

男子学生は自分のスマホ画面を差し出す。葉月や哲人と同じ画面だ。

「君、この子の知り合いなの？」

「いいえ。でもここで見かけたような気がして」

「いつ頃？」

「二週間くらい前」

ゴールデンウィーク明けくらいか。四月の初旬、四月の下旬ときて五月の上旬。

「時間は？」

「朝早くです。関西からバスに乗ってきて、ビルの三階に着いたんです」

学生の話によれば、エスカレーター近くで転んだおばあさんがいたので、付き添って四階まで上がったそうだ。おばあさんはさらに、家族を探す手伝いをしてほしいと言ったが、急ぎの用事があって返事に困った。そのとき男の子がすっと現れ、代わってくれたという。

「見かけたのは一度だけです。でもなんか、すごく覚えてて。そしたら今日の明け方、ネットでニュースを見て驚いた。あの子だと思ったんです」

たった今、哲人と交わしていた言葉とほとんど同じだ。

「私もよ。私は山形に住んでて、さっきバスクルに着いたばかりなの。男の子に会ったのは先月の初め。夜行バスに乗ったのは先月が久しぶりだったから、男の子を見たのも一度だけ。君の名前を聞いてもいい？　私は北川と言うの」

「市村です。市村崇史」

「高校生？　中学生？」

「中三です」

哲人も横から名乗り、学生証を見せた。

「明け方のニュースって言ったけど、君はもう起きてたの？」

葉月が尋ねると崇史は肩をすぼめ、寝癖とおぼしき髪に手をやった。

「昨日すごく早く寝ちゃったんで、五時頃に目が覚めたんです。なんとなくネットを見てたら男の子の写真があって、びっくりして二度寝できなくなりました」

「家はこの近く？」

「西武新宿線の沼袋です」

都内ではあるが歩ける距離ではないだろう。

「ということは、起きてすぐ電車に乗って、新宿駅からこのビルまで来たんだよね。たった一度しか会ってない子のために？」

崇史は警戒する顔つきになり、居心地悪そうに視線をそらす。

「へんな言い方してごめんね。人のことは言えないわ。私も似たようなものだから。でも君がここに来た理由が他にもあったなら、それが手がかりになるかもしれないと思って」

「手がかり？」

「待合室にいた男の子がどこの誰なのか。謎を解くための手がかりよ。ニュース写真の子とはまったくの別人なのか、同一人物なのか、今も気になっているの」

崇史はあわてた様子で「手がかりなんて」と否定する。

「関西からバスに乗ったとき、ちょっといろいろあって、おれが勝手に覚えているだけなんです。ただ、記事の方は詳しいことが知りたくて検索をかけまくりました。そしたら行方不明になった前後の様子が出てきて。知ってますか？」

葉月も哲人も首を横に振る。

行方不明の男の子は小学五年生で深津《ふかつ》諒太《りようた》くんという。これは記事にも明記されている。

住まいが都内に建てられた二世帯住宅というのは、崇史がネットの書き込みから得た情報だ。一階部分はガレージや倉庫、中庭など。二階に父方の祖父母が暮らし、三階が諒太くんと両親の居住スペースだった。兄弟はおらずひとりっ子だ。

四日前の月曜日の夜、十九時頃に二階の食堂で夕食を食べ終えたあと、諒太くんはいつものように三階に向かった。祖母は食堂を出て行く後ろ姿を見ているが、それきり誰も諒太くんを見ていない。両親は多忙な仕事に就いているので帰宅が遅く、どちの子ども部屋をのぞかなかった。翌朝も起床が遅れ、息子はいつものように二階の食堂で朝食をとり、学校に行ったとばかり思っていたそうだ。祖父母たちは逆に、三階で食事や身支度をすませ登校したと考えた。ふだんは二階で食べるが、たまに三階のときもあるので訝しむことはなかった。

そして大人たちは仕事や用事に出かけ、火曜日は祖母も友人と外食の予定だったので帰宅が遅れ、二十一時過ぎになって相次いで祖父母が帰宅。真っ暗な三階を見て初めて諒太くんの不在に気づいた。学校に行ってなかったこともわかった。担任の先生から日中に電話があったものの、話が嚙み合わないまま確認を怠っていた。

「つまり、いつからいなくなったのか、はっきりしてないんです」

「四日前の夜からか、三日前の日中か？」

崇史にうなずかれ、「うそ」と声をあげた。

「ごめん。君に言ってるんじゃないのよ」

「わかってます。おれもどうかと思うけど、大きめな二世帯住宅なので、そういうことが起きるみたいです。ネットの書き込みっていうのは、深津家のおばあさんが近所の家に来て、どうしようどうしようと興奮してしゃべりまくったのを、その家の子どもか孫が聞いていて投稿したようなんです。もしかしたらもう削除されたかも」

「大人が四人もいるから、誰かが面倒を見ていると思ったのかな。小学五年生なら自分のことはある程度自分でできるだろうし。でも丸一日、不在かどうかもわからない、いなくなっても気づかれないって……」

ほとんどの家が、物音や気配を感じずにいられない狭さの中で暮らしている。一方、葉月の頭に浮かぶのは山形の実家だ。築三十年という二階建ての一軒家で、母とふたり暮らしながら、掃除機を掛けている音もくしゃみも電話の声もよく聞こえる。これがもし厚い壁で区切られ水回りや玄関も別ならば、互いの動向はわかりにくくなり、プライバシーは守られる。理想的な二世帯住宅だ。素朴に羨ましいが、子どもへの注意が届かなくなるなど負の側面もあるのだろうか。

考えたこともなかったので想像が追いつかない。

「見つけた書き込みを読んで、おれ、寝てなんかいられなくなってここに来ました。この前会った子とは限らないのに、確かめずにいられなくなったというか」

真剣な声で言われ、葉月は崇史の顔を見る。

「おれも父親や母親とは離れて、小学生の頃からじいちゃんの家にいるんです」

それが今の話にどう繋がるのか。わかりかねて葉月は戸惑う。行方不明の子は両親と暮らしているらしい。崇史とは年齢も異なる。けれど親子関係の、結びつきの強弱を思えば通じるものがあるのだろうか。

「ここで男の子に会ったとき、一番うまくいってないどん底で。だからよけいに覚えているのかも」

「うまくいってない？　君とおじいさんとの関係が？」

「ちがいます。猫です。じいちゃん、自分に猫アレルギーがあるのに、猫を可愛がってて。やめてほしいとおれがいくら言っても聞いてくれない。……なんていうか、その、すごく困ってて。大したことないと思われるかもしれないけど」

崇史が祖父の身を案じていることは痛いほど伝わった。単に高齢者を思いやる心優しい少年というだけではなく、祖父は共に暮らす大事な身内なのだろう。寄《よ》る辺《べ》ない自分の命綱にも感じているのかもしれない。その不安定さ、不十分さを、行方のわからなくなった子どもに重ねたのかもしれない。

「アレルギーは恐いものね。何かあってからでは遅い。私も山形の実家では母とふたり暮らしなの。東京で仕事をしてて、ほんとうは続けたかったんだけど、母が病気になって帰ったんだ。でもその母もだいぶ良くなった。昨日の夜も『いってらっしゃい』と送り出してくれたのよ。おじいさんのアレルギーはその後どうしてる？」

崇史の肩が上下し、どうやら力を抜いてくれたらしい。

「やっと言うことを聞いてくれるようになりました。専門の病院にかかって薬をもらって、猫の対策もしています。協力してくれる近所の人や友だちもいて」

「それはよかった」

3

年齢が離れていても、家族の悩みを多少なりとも分かち合うことができて、葉月の気持ちもほぐれる。でもその緩くなった空気に浸ってばかりもいられない。目の前の通路にはカートを引いた人々が行き交い、出発案内のアナウンスが繰り返され、窓の外には大型バスが滑り込んでくる。行列の一本がにわかにあわただしくなる。

早朝から活気のある場所だが、それを見に来たわけではない。行方不明の子どもが気になってカフェに行く予定を変更したのだ。

「ここがいつも通りってことは、ニュースに関係ないのかな」

引き揚げる潮時をたぐりよせるように葉月は時計に目をやった。今ならカフェでコーヒーを飲む時間がある。崇史もあたりを見まわしてうなずく。もうひとりの哲人も似たような顔をしていたら解散のタイミングだと思ったのだが、哲人は力のこもった目で「いや」と言う。

「まだわからない」

「どういうこと？」

「四月のゴールデンウィーク前、ぼくはサークルの友だちを探してここに来た。って、来ましたと言うべきですね。北川さんを見ると敬語じゃなきゃおかしいし、崇史くんだっけ、君の方を向くとタメ口になるし」

「どっちでもいいわ」

「すみません。四月のときは平日の夜の八時くらいで、今よりもっとバスを待つ人で混み合っていました。そのときベンチでとなりに座っていた人と話すようになったんですけど、その人、元刑事で、今は調査会社で働いているんです」

葉月の日常では接点のない職種だ。哲人はボディバッグのポケットから取り出した名刺を見せてくれた。『あけぼの調査会社　チーフマネージャー　柳浦大悟』とある。

「昨夜から今日にかけて、ぼくは居酒屋でバイトをしてました。夜遅くに閉店し、片づけを終えて更衣室にいたらうとうとしてしまい、気づいたら夜が明けてて六時過ぎ。ときどきやっちゃうんです。眠気覚ましにスマホを見ていると、例のニュースがありました。男の子の写真はバスクルで見かけた子に似ている。思わず柳浦さんにLINEしました。バスクルならお互いに知ってる場所だし、話も通じるかなと思って。でも読むのはいつになるのかわからない。そのままぼんやりしていたら、既読マークが付きました。朝のジョギングを始めたそうで、もう起きていたんです」

調査会社で働く柳浦は朝のニュースをチェックしていた。件《くだん》の記事にも気づき読んでいた。

「柳浦さんもここで男の子を見ているの？」

哲人は「いいえ」と首を振る。

「それらしい姿も記憶にないと言われました。夜は混んでいるので無理もないと思います。ただ、バスクルにいた子かどうかはさておき、子どもがいなくなっているのは由々《ゆゆ》しきことだ。調べると言ってくれました」

「調査会社の人なら調べるあてがあるのかな」

葉月がつぶやくと、

「元刑事さんなら、警察だけの情報が得られたりするかも」と崇史。

哲人はふたりに向かってうなずいた。

「すでにひとつ、教えてもらいました。崇史くんが見つけた近所の人の話とも、通じるものがある。諒太くんちは家族の結びつきが希薄と言うか淡泊と言うか。これまでもたびたび朝早くに出かけていたのを、『学校の飼育係になったから』と言われ、家族は鵜呑みにしていたらしい。ところが今回のことで学校とやりとりして、校内では生き物を飼っていない、飼育係も存在しないとわかったそうです」

何それとつぶやき、言い直す。

「家族に内緒で、学校以外のところに行ってたの？」

「ですね。朝だけでなく夜も、通っている塾に行ってるはずの日に、何度か休んでいたそうです。朝に比べれば頻度は低かったようですが」

出発ゲート二番、河口湖行きの乗車が始まりフロアがざわつく。友だち連れが多い。富士五湖界隈は首都圏から日帰りで遊べる場所だ。そこへ向かう人たちは、楽しい時間を過ごすために早起きしてバスに乗る。目的があるからこその早起きだ。何もなければ布団の中でごろごろしていた方が楽に決まっている。

小学生も同じではないか。だとしたらそれなりの目的や理由があるのだろう。

「学校にはちゃんと行ってたのかしら」

「ふつうに通学していたみたいです」

「だから先生も家族も気づかなかったのね。友だちは？　仲のいい子にはしゃべってるんじゃない？」

哲人は渋い顔で言う。

「捜索願が出されて警察の捜査が始まったら、友だちのところにも行きますよね。たとえ口止めされたとしても、警察相手に隠し通すとは思えません」

「まあね。場合によっては命に関わるんだもの。大人だって打ち明けるわ」

「それなのに今朝になってもわからない、ってことは」

「友だちにも言ってないのか」

意志が強いと舌を巻く気持ちにもなるが、相手は小学生の子どもだ。家族との結びつきが弱く、秘密を共有するような友だちもなく、さりげなく匂わせるような言動さえなかったらしい。葉月の脳裏には細くて頼りない後ろ姿が浮かぶ。裕福な家に生まれ、教育環境の整った都会で暮らす。それだけ聞けば恵まれた子どもと言いたくなるけれど、ほんとうにそうなら行き先のわからない場所に出かけないし、所在不明にもならないのかもしれない。

「いずれにしても、早朝や夜の行動が不明ってことは、バスクルの待合室にいた可能性もあるんですよ」

「私たちが出会った男の子と同一人物とも限らないけど」

「似た子がいっぱいいるんですか」

「可能性の問題よ。柳浦さんからその後の情報ってないのかしら」

「今、探りに行っています。どうやら進展があったみたいですよ。ぼくのところには『ちょっと待って』とだけ来ています」

葉月と崇史は哲人の腕を摑み、「なんだろう」「知りたい」と詰め寄ってしまった。

柳浦のＬＩＮＥを待つことになり空いているベンチをみつけて葉月は腰かけた。バイト明けの哲人もとなりに座り、崇史だけがすぐそばに立ってフロアを見まわす。

「哲人くんはサークルの友だちを探しにここに来たんだっけ」

「はい。でも実家が倉敷なので、夜行バスを利用したことはありますよ」

「岡山県ね」

「北川さんは山形と言ってましたね。いつから東京に？」

「君と同じ。大学からよ」

どこの出身かでつかの間なごむのは地方出身者の特権だ。

「初めのうちは見るもの聞くものすべてが刺激的だったわ。知恵熱が出るくらいに。卒業後の就職先も東京で、結局十五年も住んだのに、いまだに遠いよその場所って気がする。でもそれはしょうがないのかもね。ほんとうに大きな街だもの。すべてを知り尽くすなんて誰にとっても無理なのよ。哲人くんはサークルにも入っているんでしょ。着実に馴染んでるのね」

「ぜんぜんです。最近ようやく友だちができつつあるような」

できたと言い切らないところに彼の性格がのぞく。慎重で我慢強く自分を大きく見せたがらない。見せなくてもいいような育てられ方をしたのだろう。

「大学時代の友だちって、長く続いたりするんでしょうか。ときどきふとそんなことを考えるんです」

哲人に問われ、葉月の脳裏に女友だちの顔がよぎった。疎遠になった子もいればやりとりの続いている子もいる。結婚した子たちとは話題が合いづらくはなったが、嫁姑問題がこじれていたり、双子が生まれて大騒ぎだったり、仕事の再開がうまくいかなかったりとそれぞれ悩みを抱えている。近況を聞くだけでもはや人生勉強だ。未婚の人たちも子どもを生むタイムリミットが近付いている。迷っていたり焦っていたり気にしなかったりと、ひとりずつ異なる。

「境遇はいろいろ変わっていくからね。でも大学時代にウマが合っている子は、だいたいこれからも合ってるよ」

哲人の表情が明るくなる。思い浮かべる友人がいるのだろう。それを見ながら自分も久しぶりに学生時代の友だちに会いたくなる。

「そういえば柳浦さんはどうしてバスクルにいたの？ お仕事の関係？」

「そんなふうに言ってましたけど、ぼくに会った日の夜、徳島行きのバスに乗ったんですよね」

「仕事で？」

「いや。ちがうんじゃないかな。徳島は柳浦さんの出身地で、久しぶりに郷里に帰ったんだと思います」

「四国か。行ったことない。バスでも行けるのね」

「朝着いて、うどん定食を朝ご飯にするそうです。ワカメの天ぷらをつけて」

それは美味しそうだ。すぐにでも食べたい。そんな話をしていると哲人のスマホにメッセージが入った。

「柳浦さんからです」

「なんて？」

「諒太くんの持ち物と思われる品が、米子《よなご》で見つかったと」

「米子？」

崇史がそれはどこだと聞いてくるので鳥取県だと教える。

「どんな物が見つかったの？」

「歯科医院の診察券だそうです。米子にあるショッピングモールの、遺失物コーナーに保管されていたのを、ニュースを見た人が思い出して通報したと。家族によれば、米子には親戚や知人はいないそうです」

診察券ならばフルネームが書かれている。歯科医院の所在地などもすぐわかる。東京の住所を不審に思っている人がいたのかもしれない。

「もうひとつ、長野駅でも諒太くんの名前の入った図書カードが見つかったそうです。公共図書館の貸し出しカード」

「長野駅って、長野県の長野よね？」

「はい。改札口近くに置かれた造花の鉢にあったのを、巡回中の警察官が見つけたと」

「米子で診察券、長野で図書カード。ずいぶん離れている」

「警察は誰かに連れ回されていることを視野に入れ、捜査中とのことです」

　こうしている今も、大勢の捜査官が走りまわっているのかと思うと落ち着かない。そんな葉月の近くでも、ざわざわと出発ゲートに並ぶ人たちが動き出す。今度は修善《しゅぜん》寺《じ》行きだ。間もなく出発になりますと係員が呼びかけている。初老の男性たちが小走りでやってきて、よっちゃん、たかちゃんと呼び合いながら楽しげに乗り込んだ。釣り竿を持っているので渓流釣りを楽しむのだろうか。

　スマホを見ていた哲人が「あっ」と声をあげる。

「どうしたの」

「また見つかったみたいです。今度は郡山で、理髪店のショップカード」

「理髪店？」

「床屋ですね」

「おれも持ってる。近くの床屋のカードで、スタンプが五個押されると百円引きになる」

　崇史の言葉に哲人が応じる。

「そういうんだと思うよ。きっと名前入りなんだ。だから気づいた人がいる」

　米子と長野と郡山。みごとにバラバラだ。

そして日常の品。財布の中に入っていそうなものばかり。

「連れ回されている途中で、諒太くんがわざと落としたのかな」

「それは考えられますね」

「だとしたらまるでヘンゼルとグレーテルよ」

哲人も崇史もきょとんとした顔になる。

「なんですかそれ」

「森で迷子にならないように、ヘンゼルとグレーテルという兄妹が、歩きながらわざとパン屑《くず》を落としていくの。家に帰る目印にするためよ。けれどやっぱり迷ってしまい、たどり着くのがお菓子の家」

「あ、お菓子の家なら知ってます」

「諒太くんが行く先々で自分の持ち物を落としているとしたら、ヘンゼルとグレーテルのパン屑みたいだと思ったの」

ふたりはなるほどと深くうなずくが、葉月は冴えない顔になる。

「駅の改札口近くって、どういうことかな。連れ回してるとしたら、電車のような公共の乗り物は使ってないと思うのよ。人目に付きやすいでしょ。隙を突かれて逃げられる恐れも高い。同じことで旅館やホテルも利用しにくいはず。寝泊まりはどうしているのかしら。四日前なら四泊してることになる」

「車じゃないですか」と哲人。

たしかに車ならば中で眠ることもできる。他者との接触は減らせる。ショッピングモールや駅は短い時間に立ち寄ったと考えられる。

「でも」

崇史は納得できない口ぶりで横入りする。

「ほんとうに連れ回されているのかな。諒太くんが飼育係と嘘をついて朝早くに出かけていたのは、自分の意思ですよね。もしかしたら無理やりとかしぶしぶもありうるだろうけど、そうでなくて自発的なら、会いたい人のところに行ってたのかもしれない。その人がキャンピングカーみたいなので日本一周の旅に出ることになって、自分もついて行きたくなったとか」

「それ面白いし、むしろそうだったらいいと私も思う。でも子どもが行きたいと言っても、保護者の了解もなく連れ回したら誘拐罪に問われるのよ。身代金目的でなくても誘拐罪は重罪。まともな人ならやらないし、恐くてできない。公開捜査もふつうは避けたいと思うのよ。そのためには元気でいると家に連絡すればよかったのに、なぜしなかったのか」

崇史は「そうか」とつぶやいたあと、「でも」と再度言い返す。

「自分の意思なら公開捜査はいやだろうけど、そこまで考えていたのかな。あと」

「ん？」

「自分の名前の入ったカードをばらまくことも、遊びならありうるのかも」

思いがけない言葉が飛び出し返事に窮する。

「自分を見つけてもらうために、ヒントを置いてる感じです」

「もっとわかりやすく言って」

「諒太くんは捕まってるんじゃなく、自由に動ける状況で、自分の居場所を診察券などで伝えている……」

そんな馬鹿なと切り捨てることもできず、葉月は身体を後ろに引いた。椅子の背もたれに背中が当たる。連れ回されて窮地に陥っている男の子ではなく、ゲームを仕掛けている自作自演の男の子？

真逆の話だ。頭の中で白と黒のペンキが入り交じり、灰色になって冷たく固まる。

哲人が「整理しましょう」と間に入った。

「諒太くんが四日前から行方不明になった件、自分の意思か、そうでないのかまだはっきりしていない。後者ならば、第三者に連れ去られたと考えるのが妥当だとぼくは思う。拘束がゆるければ薄いカード類をこっそり落とすのは可能だろう。逃げ出せないくらいのゆるさというのがこの場合は必要だね。一方、本人の意思で行方不明になっているとしたら、単純に言って家出だろうか。ただし四日間は長い。夜をどう過ごすのか。食事だってとらなきゃいけない。米子から長野への移動も、子どもひとりでは何かと目立つ。家出と悟られないよう上手に話し、善意の第三者を巻きこめばなんとかなるのかもしれない。もしそうだとしたら、あらかじめ計画を立て、『手がかりをわざと残すゲーム感覚』もありえるのかな」

あっという間に仮説がいくつも立ち並ぶ。情報が少なすぎて真偽のほどを確かめるすべはない。虚《むな》しいような、もどかしいような。哲人に「補足があったら言ってください」と促されても言葉が出ない。

ぼんやりする葉月とは異なり、フロアにいるのは「行き先」を持った人たちだ。さまざまな地域に向けて出発していく。ふと、置いてきぼりにされるような寂《さび》しさをおぼえる。

ここで出会った男の子も、そんな気持ちになったことはないだろうか。それとも乗るべきバスがあったのだろうか。葉月はチケットカウンターに目を向けた。大きな電光掲示板が設置され、バスの行き先と出発時間が表示されている。

となりに座る哲人がびくんと反応した。柳浦から電話がかかってきたらしい。すぐに出る。切れ切れに聞こえるやりとりからすると、目立った進展はないようだ。諒太くんの居場所はまだわからない。

耳をそばだてながら、葉月は電光掲示板を見つめた。地名と時刻がずらりと並んでいる。ほとんどが知っている地名だ。ひとつひとつ眺めながら、傍らの哲人の腕を掴んだ。

「見て。長野や郡山も行き先にある。バスクル新宿を拠点にすれば日本中どこにでも行けるのよ。たぶん米子にも」

「いきなりなんですか」

「米子から長野に移動したんじゃなく、新宿から米子、新宿から長野が、あったんじゃないかな。新宿にいるだけで、あちこちの土地と繋がれるのよ」

「それがなんだって言うんですか」

電話中の哲人は険しい声を出し、崇史は話に割り込む。

「諒太くんの診察券や図書カードは、バスに乗る人が持っていけばいい。持ち主でなくても運ぶことができるんだ」

「待てよ。運んで、ショッピングモールで落としてもらうのか。改札口近くの植木鉢に入れてもらうのか。そんな頼み事を引き受けてくれる人がいるか」

「そこは遊びっぽくうまく話して」

「知らない子どもから変なことを頼まれたと、警備員に通報されるのが落ちだ」

ぴしゃりと言われ崇史だけでなく葉月もぐうの音も出ない。

「第一、新宿にいながらカード類を運んでもらい、米子や長野にいるように思わせるって、誰にどういうメリットがあるんだよ」

警察の捜査を攪乱《かくらん》するには有効だ。時間稼ぎにはなるだろう。諒太くんを連れ去った人物にとってメリットはある。でも、カードをバス利用者に預けるには交渉が必須。顔を知られたくないという意味でも自分はやりたくないだろう。諒太くんにやらせるには無理がある。

反論しかねていると、哲人のスマホから「おい」と野太い声が聞こえた。

「今の話、おれに心当たりがあるかもしれない」

一斉に「は？」と聞き返す。葉月たちに気圧《けお》されて哲人は通話をスピーカーに切り替える。

「哲人と会った日の夜、おれは徳島行きの夜行バスに乗ったろ。向こうに着いて気づいたんだが、上着のポケットにへんなものが入っていた」

「へんなもの？」

「お菓子のおまけについているような紙製のカードだ。アニメの絵がついていた。裏に名前が書いてあって……」

言葉が途切れる。深呼吸のあと、よく見なかったという。

「しょうがないだろ。ほんとうになんでもないものだったんだ。どうして入っていたのかもわからない。ポケットには映画のチラシと映画館の半券が入ってたんだが、徳島に着いてから、そうだ、ティッシュを探してポケットの中身を出したときに気づいた。ぜんぜん身に覚えのないもので、使用感があってくたびれてもいる。捨てる手間さえ惜しんでまたポケットに。それきりだ」

　葉月は慎重に話しかけた。

「今、どこにあるんですか」

「上着のポケットにあると思うよ。家だな。あれっきり着てないから」

「そのカードがどこで入ったのか、時間や場所は絞られませんか」

「あの日、出かけるときには映画のチラシと半券しか入ってなかった。確かめたからまちがいない。そういやバスクルの待合室でもチラシは見たな。哲人と口を利く少し前だ。アニメのカードはなかった。だから入ったとしたら、哲人としゃべって以降の待合室だ。さもなければ徳島行きのバスの中。向こうに着いて朝飯を食べるときに気づいたんだ」

　カードの持ち主が諒太くんだとしたら、諒太くん本人か、あるいは代理人がバスクルにいたことになる。もしくはバスに乗っていた。

　哲人が納得できない顔で言う。

「それってなんのために？　柳浦さんが徳島に行ったのは先月の下旬。諒太くんは行方不明になっていない。ふつうに学校に通っていた頃だ」

「もしかしたら、その頃から自分の持ち物を、待合室にいる人の荷物や衣服の中に入れていたのかもしれない」

葉月の思いつきに、「どうして」と哲人。

「理由はわからないけど、じっさいに諒太くんの持ち物は米子や長野で見つかっている。たくさん入れたカードの一部が発見されたとは考えられないかな。今朝の報道がなければ連絡がなかった可能性は高い。さっき柳浦さんが言ったように、持ち主に早く知らせてあげなきゃと思うような貴重品でもないから。歯医者さんや図書館には悪いけど」

電話から低い声がする。

「たしかに、クレジットカードや銀行のキャッシュカードだったら、おれだってすぐに届け出ていたよ。子どもの玩具《おもちゃ》みたいなものだったから、まあいいやですませた。ひょっとすると米子のショッピングモールで見つかったのも、誰かの荷物からこぼれ落ちただけかもしれない」

長野駅にあった図書カードもだ。気づいた人が届け出るのも捨てるのもおっくうで、放置したと考えられなくもない。

「郡山はどうなんでしょうか」

「一般の人からの通報で、自分の鞄の中にあったそうだ。心当たりはまったくなく、どこで紛れ込んだのかわからないと。今の仮説を否定するものじゃなく、むしろ後押ししているな」

柳浦はポケットにあったアニメカードを確認すべく、自宅に向かうと言う。

4

葉月はじっとしていられない思いでベンチから立ち上がった。

「どこに？」

「もう一度、警備員さんに聞いてみようかと思って。ひとりが覚えていなくても、中には記憶のある人がいるかもしれない。私たちが見かけた男の子が諒太くんなのかどうか、まだわからないけど、結びついたら警察に任せればいい。それまでもうちょっとやってみない？」

哲人も崇史もうなずいた。依然としてフロアに捜査官らしき人影はない。

「どうせなら手分けして、警備員以外のスタッフにも聞いてみましょうか」

「ニュースにある顔写真は見せてもいい？」

「そうね。皆さん仕事中だから迷惑にならないよう気をつけて」

警備員、案内スタッフ、土産物屋やコンビニの店員など、ざっくり分けて三人はフロアに散った。キャリーバッグを持っている葉月は受付コーナーと店舗の販売員だ。

雄々しく提案したもののいざとなると気後れし、店舗の外から様子をうかがった。利用客が途切れてから恐る恐る近付き、スマホの画面を見せて尋ねる。土産物屋でもコンビニでも店員は首を横に振るだけだ。

けれど受付コーナーでは、ふたりいる女性のうちひとりがふんわり微笑んだ。フロアでよく見かけたと言う。話しかけられたこともあるそうだ。

「どんな話をしましたか」

完璧なメイクをした二十代とおぼしき女性は涼やかな声で応じてくれた。

「他愛もないことです。何時から働いているの、とか、バスの発着は一日に何台あるの、とか。お姉さんが行ってみたいところはあるの、とか」

「自分の名前を言っていませんでしたか」

「それはなかったと思います」

行ってみたいところとしては木更津のアウトレットをあげると、山の方が面白いのにと反論されたそうだ。他にも思い出したことがあったら教えてくださいと言って、葉月は受付コーナーをあとにした。

土産物屋の近くの通路で待っていると、しょげた顔で崇史がやってきて収穫なしと言う。そのあとすぐ、哲人は興奮気味に現れた。

「崇史くんは空振りだったって。哲人くんは何かあった？」

「ありました。屋外の出発ゲートに、子どもに注意したという警備員がいたんです。よそのお客さんの荷物をのぞき込んでいたので、そばに寄って『なにをしてるの』と声をかけたら、ぎょっとした顔になった。叱るつもりはなかったので、ダメだよと軽くたしなめたと」

「ニュースの写真は見せた？」

「はい。こういう顔だったかもしれないと曖昧に言われました」

たとえ曖昧でも大収穫だ。哲人の興奮が飛び火し、葉月も崇史も顔つきが一変する。

「すごいね。私たち、当たりに近付いているのかも」

「まだあるんです。警備員の人、男の子と少しだけ話をしたそうです。そしたら男の子が、自分の持ち物をバスに乗る人の荷物に入れたら、日本のあちこちに自分の物が行く。そうなったら面白いなと思った、と言ったみたいなんです」

崇史が「ああ」でもなく「うー」でもなく変な声を上げる。哲人の話は崇史の言った「遊び」を指しているのか。

「注意された男の子は、やろうとしたけどやめたというふうに申し開きをしたそうです。けれど、警備員の話を聞いて思ったんですけど、ほんとうはすでに何度もやってたんじゃないかな」

「警備員さんはどう返したの？」

「ごくふつうに、人の荷物によけいな物を入れてはいけない、今度見つけたら親御さんに連絡するよと。男の子は絶対にやらないと約束したそうです」

じっさいやめざるを得ないだろう。それまでは荷物の持ち主にだけ注意を払っていればよかった。これからは警備員の目も気にしなくてはならない。

「やりとりがあったのはいつくらい？」

「この前の日曜日の夜です」

「そんな最近」

休日の夜なのに、男の子はバスクルに来て、待合室でひとりきりのゲームに浸っていたのか。

自分の持ち物が誰かの荷物にまぎれ、遠い場所に運ばれる。それを喜ぶような、楽しみにするような感覚を、葉月は自分の中に探すけれどうまく見つけられない。

「北川さんは何かありましたか」

「受付の人が男の子を見ていたの」

このフロアに、諒太くんに似た子が出入りしていたのはまちがいないらしい。その子が人の荷物をのぞき込んでいた可能性も高まった。柳浦からの連絡が待たれる。たった今の話も報告したい。哲人のスマホに目を凝らしていると、受付の女性が歩み寄ってきた。

「さっきの子どものことですけど、ほんとうに何でもいいですか」

「もちろんです」

「ついこの前、帽子を忘れていきました。野球帽みたいなキャップ。受付から見えるベンチに置き忘れていたので、あっと思ったんですけど、男の子はもう待合室から出たあとで。近くにいた警備員に声をかけ、対応を頼みました」

「その帽子は今どこに？」

女性は顔を上げ、あたりを見まわした。近くにいた警備員が気づいて、駆け寄ってくる。最初に葉月が話しかけた丸顔の男性だ。

「どうかしましたか」

「この前、野球帽みたいなキャップがベンチにありましたよね。上野《うえの》さんに見てもらったでしょ。覚えてます？」

「ああ。帽子ね」

「名前とか、入ってました？」

男性はうなずく。葉月たちは色めき立つ。

「あったけど、ちらりと見ただけで覚えてません。ふつうに拾得物の処理をしましたよ」

ここでの忘れ物は防災室にある遺失物コーナーに保管されるそうだ。

葉月は手を合わせるようにして頼んだ。

「まだあるかどうか、調べてもらえませんか。もしかしたらとても大事なことかもしれません」

警備員は葉月たち三人の顔を見比べ、何か言いたそうにした。さっきからフロアをうろちょろしているのに気づいているだろう。不審者扱いされても不思議はない。けれど小さくうなずいて踵を返した。やけに素早く「スタッフオンリー」と書かれた扉の向こうに消えていく。

受付コーナーには女性がひとり立っていた。ふたり体制ならば戻らなくてはならないのだろうが、そちらを気にしつつ、さっきの写真はなんだったのかと女性は尋ねる。

哲人が自分のスマホを差し出した。例のニュースが表示されている。女性はそれを読むなり顔をしかめた。

「行方不明ですか。ぜんぜん知らなかった」

「今朝のニュースなんです。最近この子を見かけたりしていませんか」

「帽子を忘れた日に見たきりですね。今週の月曜日の朝です」

葉月はあらためて問いかけた。

「男の子がどうしてここに来ているのか、知りませんか」

女性は考え込んでから口を開く。

「私から聞いたことも話してもらったこともないんですが、誰かを待っているんじゃないですか。バスが到着すると三階から上がってくる人たちがいます。よくそれをじっと見ていました。だから誰かを待っているんだろうなって思っていたんです。どの便なのかはわかりません。私自身、いつも朝のシフトというわけではないですし、バスの到着時間はずれますし」

「でも待っているように見えたんですね」

「はい。到着便の人たちが上がってきたあとは、フロアをぶらぶら歩いたり、受付に来て話しかけたりするんです」

一度しか見たことはないのに、利用客の間を気ままに歩き、電光掲示板を見上げたり、出発していくバスを眺めたり、まごついている利用客に自動販売機やトイレの場所を教えたりする姿が脳裏に浮かぶ。ここに来れば日本全国さまざまな地域に行ける。町や村と繋がっている。男の子の夢を押し広げてくれたのだろうか。それともつかの間の癒やしになり得たのだろうか。

そして待ち人は現れたのか。その人とどこかに行ってしまったのだろうか。

待合室にいたのが深津諒太くんだとしたら。

スタッフオンリーのドアが開き、さっきの警備員が戻ってきた。手には紺色のキャップを持っている。拾得物を持ち出していいのだろうか。まずいのではと思いつつも、気にしていられない。

警備員は葉月たちのもとまで来ると、キャップをひっくり返して内側を見せた。

そこには「深津諒太」とある。

受付の女性も哲人も崇史も息をのむ。

葉月も呆然と立ちつくす。

次の瞬間、「やっぱりあの子が諒太くん？」「捜さなきゃ」「早く連絡を」と口々に言い立てる。哲人のスマホに電話がかかってきた。柳浦からだ。自宅にあった上着のポケットには紙製のアニメカードがあり、「ふかつりょうた」と子どもの字で書かれていたそうだ。

こちらの急展開も伝える。利用客の手荷物をのぞき込んでいた子どもがいたこと。警備員が見咎めて注意したこと。「深津諒太」と名前の入った帽子がここの遺失物コーナーにあったこと。

「柳浦さん、警備員さんに注意されたのが日曜日の夜。翌日の月曜日の朝、待合室に帽子を忘れ、その日の夜から行方がわからなくなっています。これ、たまたまですか。ちがうんじゃないですか。みんな繋がっているのでは」

哲人も崇史も受付の女性も、葉月と共に柳浦の返答に神経を集中させる。

「客の荷物をのぞきこんでいるのを、警備員に見つかってしまった。それが家を出るきっかけになったと？」

「こんな言い方は変かもしれませんが、『遊びは終わった』みたいな」

口にするそばから背中が寒くなる。

「次のステップに進もうと、腹をくくったのかもしれないな」

「柳浦さん、諒太くんは誰かを待っていたんです。夜行バスに乗って到着する誰か。その人を迎えた経験があるんじゃないですか。本来、小学生の子どもにバスターミナルは馴染みの薄い場所だと思うんですよ」

「誰を待っていたんだろうな。学校についてさらに詳しく聞いたところ、四年生のときクラスがかなり荒れたらしい。諒太くんの仲が良かった子は相次いで転校していった。この四月から五年生に上がりクラス替えもあったようだが、諒太くんは他の子と打ち解けてなかったらしい」

「転校した子は今どこに？」

「ふたりいて、ひとりは都内二十三区内のひとつ。もうひとりは川崎市内だ。どちらも遠くではない」

長距離バスで行き来する距離ではない。

「でも仲の良い子がいたならば、何か知ってるんじゃないですか」

「警察もそう思って聞きに行ったところ、諒太くんは前々から、どんなところでも生きていけるようなタフな大人になって、世界中を旅したいと語っていたらしい。てっきり将来の話だと思い、友だちも『いいね』と相槌を打っていたようなんだが、最近になって諒太くん、『大人になるまで待てない』『もうすぐ山奥の一軒家に住む』と話していたそうだ」

「もうすぐ？」

「『山村留学』という言葉も口にしている。都会の子が過疎の村に住み、そこの学校に通う仕組みだよ」

「ずいぶん具体的ですね」

「ああ。山奥の一軒家についてもあてがあるような口ぶりだったらしい」

そのとき、フロアの床を蹴って駆けてくる子どもがいた。

「諒太くんのキャップだ。それ、諒太くんのだよね」

見るからに幼い、幼稚園くらいの男の子だ。

警備員の手にしている帽子をあっという間にもぎとる。

「何するの。こら。いきなりはダメよ」

追いかけてきた三十歳前後の女性が子どもの肩を後ろから掴む。きつくではなく、優しい手つきだ。細身で顔が小さくショートカット。奥二重でやや吊り上がった目尻がきつい印象も与えるが、居並ぶ面々に謝る物腰は柔らかく言葉遣いも丁寧だ。

「申し訳ありません。いつもはおとなしい子なんですけど。トーマくん、まずはそれをお返しして。ちゃんとご挨拶とかお話とかしてからよ」

男の子は「でも」と不満げだ。葉月はショートカットの女性に話しかけた。

「もしかして深津諒太くんのお知り合いですか。今、『諒太くんのキャップ』と言ってましたよね」

女性は自分に集まっている視線にたじろぎつつも答えてくれる。

「私自身はよく知らないんです。二週間前に新潟からの夜行バスでここに着きました。同じバスにこのトーマくんも乗っていました。トーマくんは伯父さんと一緒だったんですけど、その伯父さんがもたもたしていたので、着いてすぐのトイレに私が付き合ったんですよね。四階のこの待合室に来たところ、フロアに小学生くらいの男の子がいて、トーマくんと顔見知りみたいでした。私とは少しやりとりしただけで、ほとんど忘れていたんですけれど、今朝のニュースを見て驚きました」

「フロアにいた子と、顔写真が似てて？」

「その通りです。びっくりしてトーマくんのお母さんにメールしました。それをトーマくんにも見せたところ、どうしてもバスクルに行きたいと。でもお母さんは出かけられないので私が連れてきました」

四人目だ。トーマくんを入れれば五人目か。

葉月は腰を屈め男の子に話しかける。書店勤めだった頃は児童書も担当し、小さなお客さまによく話しかけた。

「君、トーマくんだっけ。諒太くんのこと知ってるの？」

「ちょっとだけ。ここから新潟に行くバスに乗るとき、お母さんがいなくなったときがあって、ひとりでいたら話してきた。どこに行くのって」

つぶらな瞳が真剣に語りかけてくれる。諒太くんを見つけなくてはと改めて強く思う。

「新潟に行くときは夜のバスだったのかな」

「うん。でも次に会ったのは今みたいな朝。新潟から伯父さんと一緒にここに着いたとき」

母親と出かけたのは四月の上旬だと、ショートカットの女性が教えてくれた。事情があって二ヵ月続きで往復したそうだ。

「だったら君は二回、諒太くんに会ったのかな」

小さな頭が縦に振られる。

「すごいね。ここにいるみんなは一回だけなんだ。でも諒太くんのことをとても心配している。ねえトーマくん、諒太くんが行きそうなところって知ってる？」

とたんに困った顔になる。

「自分が行きたいところを話してなかったかな。たぶん明るく元気に楽しそうに、もうすぐあそこに行くんだ、みたいな感じで」

「おばあちゃんちのこと？」

「おばあちゃんって？」

「山の奥にひとりで住んでて、なんでもできるすごいおばあちゃんだって。鶏も犬も山羊《やぎ》も飼ってる」

葉月はトーマくんの頭を撫でて立ち上がり、哲人のスマホに向かって言った。

「柳浦さん、聞いてます？」

「聞いた。だがな、父方の祖父母とは同居している。母方の祖父母は市川《いちかわ》のマンション暮らしだ。山奥にはいない」

「でもいるはずです。バスに乗って明け方バスクルに着いて、それを諒太くんが迎えたようなおばあさんが」

「そこの家に行ったなら、なぜ今まで連絡がない」

「だから早く探してください。連絡できない状況にいるんですよ」

5

柳浦は通話を切ったあと警察に連絡し、そのときすでに自宅から出直してタクシーの中だったので、警察よりも早くバスクルの待合室に現れた。

大柄で強面《こわもて》、威圧感が全身からほとばしっているような中年男性だ。哲人が笑顔で迎えなければ、背中が壁に当たるまで後ずさったかもしれない。電話でのやりとりもあったので、葉月は逃げ出さずに踏みとどまり「北川です」と挨拶した。

「お会いできて嬉しいです。柳浦と言います。こちらの学生さんは崇史くんか。初めまして、こんにちは。えーっと、小さな君はトーマくんだね。恐がらなくていいよ。おじさん、見かけより百倍くらい優しいから。トーマくんを連れてらっしゃるのは……」

「紺野と申します」

あとから現れた女性も名乗ってくれた。葉月たちと共に利用客の邪魔にならない通路の奥に集まる。受付の女性と警備員は、今の状況を報告すべく管理部門に向かった。

「柳浦さん、警察がここに来たら、私たちも何か聞かれるんでしょうか」

「皆さんが男の子に会ったのは一回だけですよね。簡単な聞き取り調査だと思いますよ。これまでの電話でのやりとりはおおかた話してあります。山奥に住んでいて、夜行バスに乗ってバスクルに到着し、諒太くんが迎えたというおばあさんがいたかもしれない。警察は今捜しているはずです。それがはっきりしたら現地の警察とも連携し、素早く動いてくれるかと」

葉月は哲人や崇史、紺野という女性とも顔を見合わせ、ホッとしあった。あとはすべて警察に任せることになるが。

「詳しい続報を知るには、ここに留まっていた方がいいでしょうか」

「そうですね。でも皆さん、ご予定があるんじゃないですか」

「あっても気になりますよ。柳浦さんにくっついていたらご迷惑ですか。だったら哲人くんにくっついてよっと。情報は共有してね」

哲人は苦笑いを浮かべ、崇史が「おれも」と割って入る。トーマくんを引き寄せながら紺野も片手を上げた。居残りの表明らしい。

「わかりました。続報はちゃんと伝えますよ。おばあさんのところに諒太くんがいたら、その発見は皆さんのおかげなんですから」

柳浦が言い終わると同時に、待合室に不似合いな人たちが現れた。四、五人の塊《かたまり》がふたつ。足早にフロアを横切り鋭い眼差しであたりを見まわし、柳浦に気づいて歩み寄ってくる。バックヤードの向こうに消えていた警備員と受付の女性もフロアに戻って来た。背広姿の男性と一緒だ。

捜査員らしきひとつの塊がバスクル関係者と言葉を交わし、警備員の手にしている子どもの帽子を受け取っている。

葉月たちのところにはもうひとつの塊がやってきた。

「山奥に住むおばあさんってのはわかったのか」

挨拶もそこそこに柳浦が言う。捜査員らしき人たちは横に立つ葉月たちを気にして口ごもるが、「この人たちの協力あってこそだぞ」と睨みをきかせる。

「さらなる情報があるかもしれないが、おまえたちが腹を割らないと教えられないな」

「またまた。ヤナさん、すぐそれなんだから。母方のひいおばあさんが和歌山にいるそうです。バスで新宿に出てきたこともあります。ただし本人は今、腰を痛めてケア施設にいます。山奥の自宅には誰もいないとのことです」

柳浦が目に力を込めて言う。

「それをひ孫は知らないんじゃないか。早く確認しに行けよ」

「地元警察に依頼済みです。しかし一週間ほど前に大雨があって、山中の道路がところどころで寸断されているそうです。電話線も切れているらしい」

葉月は視線を待合室の窓へと向けた。居並ぶ大型バスの向こうにわずかばかり空が見える。明るくなってきたような気がする。晴れてくるのだろうか。新宿から遠く離れた和歌山の空はどうだろう。

諒太くんは、どんなところでも生きていけるようなタフな大人になって、世界中を旅したいと語ったらしい。その夢を叶《かな》えるのはまだ先でいい。今は持ちうる能力のすべてを使い、安全な場所を見つけてほしい。無茶をせず大人が現れるのを待ってほしい。きっと迎えに行くから。

ここで君と出会った数人は、君を案じてこの場に立っている。

諒太くん発見の報がもたらされたのは昼前のことだった。

警察の話していたとおり、和歌山県に住む曾祖母の家にいるところを保護された。彼がバスクル新宿を発ったのは月曜の深夜。和歌山行きのバスに乗る人を見つけて話しかけていたそうで、運転手に不審がられることもなく翌朝の火曜日に和歌山駅前に着いた。

そこから路線バスを乗り継ぎ、曾祖母の家から四キロ離れたバス停で下車。集落の外れから山に分け入り、つづら折りの細い坂道を登る。大人の足でも二時間はかかるそうだ。

諒太くんの誤算はいくつかあった。ひとつは数日前の豪雨により、道の何ヵ所かが土砂に埋まっていたことだ。大規模な崩れはなかったのでよじ登ればなんとかなったが、不安にかられ、鞄に入れてあったスマホを取り出した。曾祖母の家に落ち着くまではGPSを作動させたくなかったが、その曾祖母の家に電話をかけてみようかと逡巡する。その迷いが災いしたのか、足を滑らせ転びかけ、肝心のスマホを崖下に落としてしまう。ふたつ目の誤算だった。

いざというときの連絡手段をなくし、引くに引けなくなって、ひたすら悪路を進んだ。途中で何度か休憩し、なんとか日暮れ前にたどり着く。けれど家に灯りはなく、頼みの曾祖母は不在だった。それもまた大きな誤算だ。

幸い裏の勝手口をこじ開けて家に入ることはできた。電気やガスは通じていた。非常食のカップラーメンやレトルトの食品は揃《そろ》っていたので、食べ物はなんとかなったしテレビもつく。布団もある。けれど電話はうんともすんとも言わない。

疲れ切ってその夜は眠りに就き、翌日は水曜日。気を取り直しいろいろ調べてみたが電話は通じず、あたりに人家はなく、飼っていたはずの山羊や鶏、犬もいない。唯一いたのは猫で、屋内と屋外を自由に行き来している。この猫が大きな慰めになった。水曜日、木曜日と何度か山を下りようとしたが、崖崩れがひどくなっていたので断念せざるを得ない。

このまま山に閉じ込められてしまうのかと、途方に暮れていた金曜日、遠くから人の声が聞こえた。「おーい」という呼びかけと共に、見知らぬ大人たちが現れた。

諒太くんは無事に保護され、救助隊に付き添われて麓の村まで下山。知らせを受けて待機していた曾祖母と涙ながらの再会が叶った。健康面に問題はなかったようだが、念のためにと和歌山市内の病院に向かった。

葉月たちはいち早く昼前に聞かせてもらい、ひとまずバスクル新宿をあとにした。予定は大幅に狂ってしまったが、葉月は約束していた元上司と合流し、自分たちの今後について話し合った。

彼は退社を決めたそうだ。薄々察していたので冷静に受け止められたが、そのあと「これから一緒に住むとしたら東京とは限らない」「山形かもしれないよ」と言われ、驚くやら混乱するやら。母を置いて上京しなければならない、寂しい思いをさせてしまう、それればかりが頭にあったけれど、ただの決めつけだったのかもしれない。もっと柔らかく自由に考えてもいいのかもしれない。

そんなことを思っていると哲人から電話が入り、発見後の話が聞けた。東京から急遽駆けつけた両親は病院で諒太くんと再会。世間を賑わす大騒ぎな家出になってしまったが、両親は我が子を抱きよせ、ただただ「よかった」「ほっといてごめんね」と繰り返したそうだ。

少し落ち着いたところで単独行動の理由を尋ねると、曾祖母の家に移り住んでの山村留学を諒太くんが相談したとき、両親は話の途中で馬鹿馬鹿しいと突っぱねた。両親にしてみれば現実的な話に思えなかったからだが、諒太くんは大真面目だった。諦められず、曾祖母の家に行きたい気持ちが日に日に募り、数年前に曾祖母を迎えたバスクル新宿に出かけるようになった。日本各地に向けて出発していくバスを見ているうちに、自分の持ち物を運ばせたくなり、利用客の荷物にさまざまなカードを忍ばせた。

途中から名前の入ったカードを使い、どこかで見つかって家に連絡があったなら、もう一度両親に自分の気持ちを訴えるつもりだった。けれどカードは発見されず、バスクルの出発ゲートで警備員に見咎められた。諒太くんはカードではなく、自分自身がバスに乗る決心をする。愛用の帽子を待合室に置いていったのは、バスクルの遺失物コーナーに自分の持ち物を残していきたかったから。何度も通った場所に、自分の印を付けたかった。

「聞かせてくれてありがとう」

「たぶん、すごく迷ったり悩んだりしたんだと思うんですよね。今晩は和歌山市内に泊まるそうです」

「ご両親ともう一度しっかり話せるといいね」

心からの礼を言い、哲人からの電話を切る。それを見て、目の前の人が気づかうような口調で葉月に言った。

「子どもが無事だったのはほんとうに良かった。でも君も、今電話をかけてきた人も、その子に会ったのは一回きりなんだろ。そんなにも情が移るものなのかな。いや、とやかく言うつもりじゃなく素朴に不思議で」

そうかもしれない。怪訝に思うのはわかる。けれど男の子の一件で胸が揺さぶられたのはほんとうだ。その理由を自分の中に探し、ふと崇史の言葉を思い出す。

ここで男の子に会ったとき、一番うまくいってないどん底で。

だからよけいに覚えているのかも。

葉月自身は「うまくいってないどん底」ではなかった。同居する母の病気もだいぶ良くなっていた。けれど、悩んだり迷ったりしていたところは崇史と似ている。目の前でコーヒーを飲む男性にもう一度会うかどうか。逡巡し続け、大げさかもしれないが人生の岐路に立っていた。

そんなときに会った子だからこそ印象深く、忘れられず、覚えていたような気がする。もしかしたら哲人や紺野にとっても。

「私はあの夜、特別なバスに乗り、特別な場所に着いたの。そこで会った子どもだから特別だったのよ」

山奥の家に不在だった動物たちは、餌やりなどの世話が必要だったので曾祖母が施設に入っている間、知り合いの家に預けられているそうだ。その曾祖母も近日中に山に帰るらしく、諒太くんも再びの挑戦ができないわけではない。

両親が許してくれれば、和歌山行きのバスにまた乗れる。そのとき待合室は彼の目にどう映るのだろう。乗車案内のアナウンスは今までより軽やかに聞こえるだろうか。診察券や図書カードではなく本人が、こっそりではなく堂々と乗りたかったバスに乗る。

待合室で無事を祈り続けた人たちの気持ちが、「いってらっしゃい」の声になって、彼の新しい一歩を応援できればいいなと思う。

解説

小出和代（ライター）

二〇一六年四月、新宿南口に大きな高速バスターミナルができた。「バスタ新宿」である。かつては新宿駅周辺のホテルや銀行の前などに分散されていた乗降地が、このバスターミナルに集約されることになった。もう集合場所まで延々歩いたり、場所を間違えて青くなったりしなくても良い。待合室は広く、ちょっとしたお土産を買う場所やコンビニもある。バスの行き先や発車時刻などは何本も先の便まで電光掲示板に表示され、乗車受付の開始や出発時間のアナウンスは頻繁に入った。実に便利だ。

若い頃の私が、旅に出るときの交通手段として真っ先に検討するのは高速夜行バスだった。何しろ新幹線より大分安い。それに、新幹線や飛行機の遅い便で夜遅く目的地に着くより、ゆっくり食事をしてバスに乗り、寝ている間に目的地に運んでもらえる方が、当時の私には便利で魅力的だった。何なら帰りも夜出発して、新宿に朝到着、ひと息ついてそのまま出社できる。「それじゃ疲れが取れないでしょう」と呆《あき》れられることもあったけれど、体力のある年頃ゆえあまり気にならなかった。周囲を気にせず、どこでも爆睡できるタイプだったのも幸いしたと思う。バスタ新宿は、よく行く馴染《なじ》みの場所のひとつになった。

この高速バスターミナルを念頭に置いて書かれたのが、本作、大崎梢さんの『バスクル新宿』である。新宿と各地を結ぶ長距離バスと、その利用客の物語が五つ収録されている。読めばあの場所が、そのまま見えてくるようだ。そうそう、エスカレーターを上がって四階が出発フロア、三階が到着フロアなんですよね。発券カウンターがいくつも並んでいて、案内担当の人がいる受付コーナーもあって。

タイトルから何となく、バスターミナルを舞台にしたグランドホテル形式の連作を想像してしまうけれど、実際はもっと外へ広がる作品群である。待合室での出来事だけでなく、走るバスの中や、その先にある人々の日常生活にまで筆をのばして、『バスクル新宿』は柔らかくひとつにまとまっている。

バスが繋ぐ土地と人は様々だ。例えば第一話「バスターミナルでコーヒーを」は、主人公の女性葉月が、山形発新宿行きの夜行バスに乗ろうとするところから物語が始まる。途中で不可解なことがあって、葉月はバスに乗り合わせた老夫婦と一緒に、早朝のバスターミナルで推理を交わすことになる。第二話「チケットの向こうに」は、大学生の哲人と友人磯村が、部費を使い込んだ同級生を探しに来る話だ。焦点になるのは四国行きのバスで、居合わせた調査会社の男が二人をフォローする。第三話「犬と猫と鹿」では新宿を発着する関西方面行きのバスが鍵になるものの、舞台は中学生絵美の自宅周辺のみ、バスもバスターミナルも会話の中にしか出てこない。逆に第四話「パーキングエリアの夜は更けて」は、新潟発新宿行きの夜行バスが事故渋滞にはまり、話はほぼバスの中で完結する。そして第五話「君を運ぶ」で、物語の中心はまたバスクル新宿へと戻ってくる。

第一話でとある人物が、「袖振り合うも多生の縁」という諺《ことわざ》を口にしていた。この一言が、短編集『バスクル新宿』を端的に表していると思う。たまたま同じ便に乗り合わせた、偶然同じ時に待合室に居合わせただけの人同士が、持ち前の善意や少しのおせっかいを発揮して、物事を善き方へと転がしていくのだ。

出来すぎな話だろうか？　そんなことはあるまい。落とし物を拾う、誰かと席を替わる、大きな溜息をついている人がいれば、どうしたのかと少し気にかける。小さな善意は私たちの日常にいくらでもあるはずだ。

大崎さんは、こういう「善きこと」を描くのが上手い人だ。世の中が綺麗事だけで出来上がっていないのなんて百も承知で、あえて柔らかいところを選び取って、分かりやすく紡《つむ》いでみせる。私は以前書店に勤めていたのだけれど、何か安心して読める本を紹介してほしいという問い合わせを受けたときに、よく挙げたのが大崎さんの名前だった。

　大崎梢さんは二〇〇六年、短編集『配達あかずきん』でデビューした。書店で生まれるささやかな謎を解くミステリーである。その後、出版社の営業を主人公にした『平台がおまちかね』や、雑誌編集者が主人公の『プリティが多すぎる』、移動図書館の『本バスめぐりん。』に、タウン誌の編集部を描いた『横濱エトランゼ』など、本や出版に関わる作品を数多く発表してきた。御本人が元書店員という経歴も相まって、何となく「本の話を書く人」というイメージがある。

　でもそれはあくまでも、イメージの話。実際は早くから、様々な話を書いてきた。児童書の天才探偵Ｓｅｎシリーズ、保育園が舞台の『ふたつめの庭』、『夏のくじら』は高知よさこいの元気な話だし、『よっつ屋根の下』や『空色の小鳥』は家族そのものを書く小説だ。伝奇小説的な薄暗さと作風の柔らかさが同居する『片耳うさぎ』や『キミは知らない』といった作品もある。

　途中で気が重くなるようなことがあっても、最後には必ず「ああ良かった」と胸を撫《な》で下ろすことができる。登場する人物たちが皆、根本的に善良であるのが大崎さんの作品の特徴であり、美点だ。何かと疲れる日々の狭間で、ひとときの娯楽として読む小説には温かく明るいものを選びたい。そう望む読者が少なくないことを、私は書店員時代に目の当たりにしてきた。

『バスクル新宿』はまさに大崎さんらしい温かい作品集である。個人的には、登場人物たちが皆、少しだけお節介なのも良いと思っている。「バスターミナルでコーヒーを」では、葉月は初対面の人物の行方を案じるし、乗り合わせた老夫婦は、自分たちにできることをやや前のめりに提案した。最後に収録されている「君を運ぶ」などは、善意とお節介のかたまりみたいな話だ。いくら善き心があっても、遠巻きに心配しているだけでは助けにならない。登場人物たちのお節介な行動があってこそ、この物語は成立しているのだ。

なぜ彼らは一歩踏み込んで声をかけるのか、その行動の背景が、さりげなく一筆加えられているところも誠実な書き方だと思う。教師をしていたことがあるから、何か言いたそうな子供の様子に気づく。弟に似ていたから、つい声をかける。人見知りだからこそ何でも一人で決めてきた女性は、咄嗟《とっさ》の時もやはり一人で立ち上がる。なるほど、そういう事情なら、ここで踏み込むのも納得だ。人の言動は目の前の出来事だけで決まるわけではなく、かならずそれまでの積み重ねが反映されるものなので、言動を裏打ちする描写がさらりと入っているだけで、全体の印象が随分と違うのではないだろうか。

もうひとつ。夜行バスの発着するターミナルを軸にしているためか、『バスクル新宿』はほとんどの話が「朝」終わるのも良いなと思っている。これから日が昇り、世の中が動き出す時間だ。あらゆることの先行きが、明るく続いていくような予感がするではないか。

会いたい人に会いに行った葉月の未来。大事にすべき友人に気づいた哲人。もしかしたら彼らを助けた男性と、この後も縁が続くかもしれない。中学生の絵美も、隣の男子も、きっとあのまま真っ直ぐ育つのだろう。彼らのその後が書かれることはないかもしれないけれど、どこかで確かに生活が続いていて、それなりに自分の生活を肯定できているんじゃないかと想像してしまう。

あなたがいてくれてよかった。「パーキングエリアの夜は更けて」の主人公莉香が、作中で掛けられた言葉だ。この台詞は『バスクル新宿』に登場するすべての人に当てはまるのではないだろうか。

ところで私はといえば、最近久しぶりに夜行バスを利用して、自分の体力の衰えを否応なく思い知らされてしまった。あんなにどこでも爆睡できたのに、今では少しの振動で目が覚める。ずっと座り続けられるのも、深く眠れるのも体力次第なのだ。やれやれ。

それでも、行きたい場所、会いたい人がいるなら、めげず迷わず出かけた方がいい。飛行機でも、列車でも、もちろんバスでも。

その旅のお供に『バスクル新宿』を連れていってもらえたら、こんなに嬉しいことはない。

本作は、二〇二一年八月に小社より単行本として刊行されました。

この作品はフィクションであり、実在の人物・団体・事件などとは一切関係がありません。

|著者|大崎 梢　東京都生まれ。神奈川県在住。元書店員。書店で起こる小さな謎を描いた『配達あかずきん』で、2006年にデビュー。主な著書に『横濱エトランゼ』『もしかして ひょっとして』『めぐりんと私。』『27000冊ガーデン』などがある。

バスクル新宿《しんじゅく》

大崎《おおさき》 梢《こずえ》

2024年1月16日第1刷発行

発行者――森田浩章
発行所――株式会社 講談社
東京都文京区音羽2-12-21　〒112-8001
電話 出版 (03) 5395-3510
販売 (03) 5395-5817
業務 (03) 5395-3615

Printed in Japan

講談社文庫
定価はカバーに
表示してあります

KODANSHA

デザイン―菊地信義
本文データ制作―講談社デジタル製作
印刷―――株式会社KPSプロダクツ
製本―――株式会社国宝社

ISBN978-4-06-534400-2

講談社文庫刊行の辞

二十一世紀の到来を目睫に望みながら、われわれはいま、人類史上かつて例を見ない巨大な転換期をむかえようとしている。

世界も、日本も、激動の予兆に対する期待とおののきを内に蔵して、未知の時代に歩み入ろうとしている。このときにあたり、創業の人野間清治の「ナショナル・エデュケイター」への志を現代に甦らせようと意図して、われわれはここに古今の文芸作品はいうまでもなく、ひろく人文・社会・自然の諸科学から東西の名著を網羅する、新しい綜合文庫の発刊を決意した。

激動の転換期はまた断絶の時代である。われわれは戦後二十五年間の出版文化のありかたへの深い反省をこめて、この断絶の時代にあえて人間的な持続を求めようとする。いたずらに浮薄な商業主義のあだ花を追い求めることなく、長期にわたって良書に生命をあたえようとつとめるところにしか、今後の出版文化の真の繁栄はあり得ないと信じるからである。

同時にわれわれはこの綜合文庫の刊行を通じて、人文・社会・自然の諸科学が、結局人間の学にほかならないことを立証しようと願っている。かつて知識とは、「汝自身を知る」ことにつきていた。現代社会の瑣末な情報の氾濫のなかから、力強い知識の源泉を掘り起し、技術文明のただなかに、生きた人間の姿を復活させること。それこそわれわれの切なる希求である。

われわれは権威に盲従せず、俗流に媚びることなく、渾然一体となって日本の「草の根」をかたちづくる若く新しい世代の人々に、心をこめてこの新しい綜合文庫をおくり届けたい。それは知識の泉であるとともに感受性のふるさとであり、もっとも有機的に組織され、社会に開かれた万人のための大学をめざしている。大方の支援と協力を衷心より切望してやまない。

一九七一年七月

野間省一

講談社文庫 最新刊

濱 嘉之
プライド2 捜査手法
警官として脂が乗ってきた三人の幼馴染が挑むのは、「裏社会と政治と新興宗教」の闇の癒着。

辻堂 魁
うつし絵〈大岡裁き再吟味〉
旗本家同士が衝突寸前だったあの事件。大岡越前は忘れていなかった。〈文庫書下ろし〉

島田荘司
網走発遙かなり〈改訂完全版〉
江戸川乱歩の写真を持つ女性の秘密とは？二〇二四年春公開映画「乱歩の幻影」収録。

乗代雄介
旅する練習
サッカー少女と小説家の叔父は徒歩でカシマスタジアムを目指す。ロードノベルの傑作！

瀬戸内寂聴
その日まで
私は「その日」をどのように迎えるのだろうか。99歳、最期の自伝的長篇エッセイ！

瀬尾まなほ
寂聴さんに教わったこと
寂聴さんの最晩年をいっしょに過ごした、66歳年下の秘書が描く微笑ましい二人の姿。

講談社文芸文庫

鶴見俊輔
ドグラ・マグラの世界/夢野久作　迷宮の住人
解説=安藤礼二
忘れられた長篇『ドグラ・マグラ』再評価のさきがけとなった作品論と夢野久作の来歴ならびにその作品世界の真価に迫る日本推理作家協会賞受賞の作家論を収録。
つJ2
978-4-06-534268-8

高橋源一郎
君が代は千代に八千代に
解説=穂村 弘　年譜=若杉美智子・編集部
「この日本という国に生きねばならぬすべての人たちについて書くこと」を目指し、ありとあらゆる状況、関係、行動、感情……を描きつくした、渾身の傑作短篇集。
たN5
978-4-06-533910-7

講談社文庫 目録

織守《おりがみ》きょうや 霊感検定
織守きょうや 霊感検定〈心霊アイドルの憂鬱〉
織守きょうや 霊感検定〈春にして君を離れ〉
織守きょうや 少女は鳥籠《とりかご》で眠らない
おーなり由子 きれいな色とことば
岡崎琢磨 病弱探偵〈謎は彼女の特効薬〉
小野寺史宜《ふみのり》 その愛の程度
小野寺史宜 近いはずの人
小野寺史宜 それ自体が奇跡
小野寺史宜 縁《ゆかり》
小野寺史宜 とにもかくにもごはん
大崎　梢 横濱エトランゼ
太田哲雄 アマゾンの料理人〈世界一の"美味しい"を探して僕が行き着いた場所〉
小竹正人 空に住む
岡本さとる 駕籠屋《かごや》春秋 新三《しんざ》と太十《たじゅう》
岡本さとる 質屋の娘〈駕籠屋春秋 新三と太十〉
岡本さとる 雨やどり〈駕籠屋春秋 新三と太十〉
岡崎大五 食べるぞ!世界の地元メシ
荻上直子 川っぺりムコリッタ

小原周子 留子さんの婚活
海音寺潮五郎 新装版 江戸城大奥列伝
海音寺潮五郎 新装版 孫子 (上)(下)
海音寺潮五郎 新装版 赤穂義士
加賀乙彦 新装版 高山右近
加賀乙彦 ザビエルとその弟子
加賀乙彦 殉教者
加賀乙彦 わたしの芭蕉
柏葉幸子 ミラクル・ファミリー
勝目　梓 小説家
桂　米朝 米朝ばなし〈上方落語地図〉
笠井　潔 梟《ふくろう》の巨《おお》なる黄昏《たそがれ》
笠井　潔 青銅の悲劇〈瀕死の王〉(上)(下)
笠井　潔 転生の魔〈私立探偵飛鳥井の事件簿〉
川田弥一郎 白く長い廊下
神崎京介 女薫の旅 放心とろり
神崎京介 女薫の旅 耽溺《たんでき》まみれ
神崎京介 女薫の旅 秘に触れ
神崎京介 女薫の旅 禁の園へ

神崎京介 女薫の旅 欲の極み
神崎京介 女薫の旅 青い乱れ
神崎京介 女薫の旅 奥に裏に
神崎京介 I LOVE
加納朋子 ガラスの麒麟〈新装版〉
角田光代 まどろむ夜のUFO
角田光代 恋するように旅をして
角田光代 人生ベストテン
角田光代 ロック母
角田光代 彼女のこんだて帖
角田光代 ひそやかな花園
角田光代 石田衣良 ほか こどものころにみた夢
川端裕人 せちやん〈星を聴く人〉
川端裕人 星と半月の海
片川優子 ジョナさん
神山裕右 カタコンベ
神山裕右 炎の放浪者
加賀まりこ 純情ババアになりました。
門田隆将 甲子園への遺言〈伝説の打撃コーチ高畠導宏の生涯〉

講談社文庫 目録

講談社文庫　目録

講談社文庫　目録

香月日輪　地獄堂霊界通信④
香月日輪　地獄堂霊界通信⑤
香月日輪　地獄堂霊界通信⑥
香月日輪　地獄堂霊界通信⑦
香月日輪　地獄堂霊界通信⑧
香月日輪　ファンム・アレース①
香月日輪　ファンム・アレース②
香月日輪　ファンム・アレース③
香月日輪　ファンム・アレース④
香月日輪　ファンム・アレース⑤（上）（下）
近衛龍春　加藤清正〈豊臣家に捧げた生涯〉
木《この》原《はら》音《なり》瀬《せ》　箱の中
木原音瀬　美しいこと
木原音瀬　秘密
木原音瀬　嫌な奴
木原音瀬　罪の名前
木原音瀬　コゴロシムラ
近藤史恵　私の命はあなたの命より軽い
小泉凡　怪談四代記〈八雲のいたずら〉

小松エメル　夢の燈影《ほかげ》〈新選組無名録〉
小松エメル　総司の夢
呉勝浩　道徳の時間
呉勝浩　ロスト
呉勝浩　蜃気楼の犬
呉勝浩　白い衝動
呉勝浩　バッドビート
こだま　夫のちんぽが入らない
こだま　ここは、おしまいの地
古波蔵保好　料理沖縄物語
ごとうしのぶ　いばらの冠〈ブラス・セッション・ラヴァーズ〉
古泉迦十　火蛾
小《こ》池《いけ》水《みず》音《ね》　〈小説〉こんにちは、母さん
講談社校閲部　間違えやすい日本語実例集〈熟練校閲者が教える〉
佐藤さとる　だれも知らない小さな国〈コロボックル物語①〉
佐藤さとる　豆つぶほどの小さないぬ〈コロボックル物語②〉
佐藤さとる　星からおちた小さなひと〈コロボックル物語③〉
佐藤さとる　ふしぎな目をした男の子〈コロボックル物語④〉
佐藤さとる　小さな国のつづきの話〈コロボックル物語⑤〉

佐藤さとる　コロボックルむかしむかし〈コロボックル物語⑥〉
佐藤さとる　天狗童子
佐藤さとる／絵／村上勉　わんぱく天国
佐藤愛子　新装版 戦いすんで日が暮れて
佐木隆三　慟哭〈小説・林郁夫裁判〉
佐木隆三　身分帳
佐高信　石原莞爾その虚飾
佐高信　わたしを変えた百冊の本
佐高信　新装版 逆命利君
佐藤雅美　ちよの負けん気、実の父親〈物書同心居眠り紋蔵〉
佐藤雅美　へこたれない人〈物書同心居眠り紋蔵〉
佐藤雅美　わけあり師匠事《こと》の顚末〈物書同心居眠り紋蔵〉
佐藤雅美　御奉行の頭の火照《ほて》り〈物書同心居眠り紋蔵〉
佐藤雅美　敵《かたき》討ちか主殺しか〈物書同心居眠り紋蔵〉
佐藤雅美　江戸繁昌記〈寺門静軒無聊伝〉
佐藤雅美　青雲遥かに〈大内俊助の生涯〉
佐藤雅美　悪足掻《あが》きの跡始末 厄介弥三郎
佐藤雅美　恵比寿屋喜兵衛手控え〈新装版〉
酒井順子　負け犬の遠吠え

講談社文庫　目録

講談社文庫　目録

2023年12月15日現在